銀樹《ぎんじゅ》

Komichi Morino

森埜こみち

日下 明＊絵

アリス館

これは銀色に輝《かがや》く小さな木の物語。
その木はもしかしたら、
あなたのすぐそばにあるかもしれない。

もくじ

一章　出会い

ピシッという音にびくりとして目をあけたシンは、恐《おそ》る恐るあたりを見た。焚火《たきび》があり、火の粉《こ》が舞《ま》っている。なら、いまのは薪《たきぎ》がはぜた音か。と思う間もなく痛《いた》みが襲《おそ》ってきた。ううっ。

「マボウさま、坊主《ぼうず》が目を覚ましました」

野太い男の声がする。

「そうか」

焚火の明かりに、しわだらけの老人の顔が映《うつ》しだされた。髪《かみ》も、眉《まゆ》も、あごひげも白い。いったいだれだ。

老人がシンに笑いかけた。

「粥《かゆ》があるが、食うか」

粥？

「くぅ、食う」

食えるときには食う。それは、母さんが死んでからシンが学んだことのひとつだった。けれどシンは、ひとりでは起きることができなかった。からだじゅうが痛《いた》い。男がシンを助け、背中《せなか》を支《ささ》えてくれた。老人にうながされて口をあけると、とろりとしたものが口のなかに入った。ひと口、ふた口は、なんとか飲み込《こ》んだ。けど、三口目はできなかった。とろりとしているのはわかるのに、まるで砂《すな》でも飲み込むようにしんどい。

「よしよし、ふた口でもいい。食えたんじゃ。食えたなら、だいじょうぶ。おまえは助かる」

老人がいい聞かせるようにいう。

やわらかくしめったものが、シンのからだに巻《ま》きつけられていた。腕《うで》にも足にも腹《はら》にも。これは？　目で老人にたずねた。

「イヌザンショウの葉をもんで当ててある。打ち身に効《き》くのでな」

打ち身？　頭《かしら》の形相が浮《う》かぶのと恐怖《きょうふ》がよみがえるのが同時だった。はっとあたりをうかがったが、頭の姿《すがた》はなく、焚火《たきび》を囲《かこ》んでいるのは老人と、背中《せなか》を支《ささ》えてくれている男だけだった。

「あの男のことは心配せんでいい。もう二度と会うことはないじゃろう」

老人がいう。

シンは目だけで、もう一度あたりをうかがった。ここは、まるで洞窟《どうくつ》のように見える。いったい、どこだ。

「わしらは朽葉《くちば》の里の薬師《くすし》でな、おまえをわしらの里に連れていこうと思うとる。助けてやるにはそれしかないのでな」

シンには老人の話していることがわからなかった。わからなかったが、考えることをやめた。考えることなど、できなかった。からだが痛《いた》い。痛みだけがシンのすべてだった。

朝になり、ふたたび粥《かゆ》をすすめられたが、シンはもう食べることができなかった。

「ふ、笛の、ね、姐《ねえ》さんは？」

痛みのなかで思い出した、たったひとつの気がかりをたずねた。

「おまえのことをひどく心配しておったひとがいたが、そのひとかの」

老人がシンをのぞきこむ。

「ね、姐さんは、ぶ、ぶたれて、いなかった？　お、おらのこと、かばって」

「心配せんでいい。ぶたれてはおらんかった」

ならいい。それなら、いい。

「あのひとは、おまえの姉さんか」

「ち、ちがう、けど、ほんとうの、姉さんみたいに、おらのこと、かばってくれた」

老人がうなずいたように見えた。

シンは男に背負《せお》われて、山のなかに分け入った。道らしい道があるわけではなく、小柄《こがら》な老人が木々のあいだについた細い道のようなものを杖《つえ》でかき分けながら登り、男が続く。シンは背負われながらも、からだを丸めた。そうやって痛みに耐《た》えるしかなかった。


夕方、ようやく里に入った。

野良《のら》しごとを終えたところなのか、男や女が声をかけてくる。

「マボウさま、ようお戻《もど》りになられました」

「海渡《かいと》に行くのは、もうおよしなされ。からだにこたえます」

「そうですよ。イジュさまたち若《わか》い者らに任《まか》せりゃいいんです」

「あれ、イジュさまが背負《せお》われている子は？」

「崖《がけ》から落ちたのかね。手当をしてなさる」

「この子、里の子じゃねえですよね」

「海渡から連れてきた」

「海渡から」

「なんでまた」

「訳《わけ》があってな。だがいまは話しているひまはない。早く帰って、手当をしてやらにゃならん」

「そのとおりだ。こりゃあ、ちょっと、ひでえや」

そんなやりとりを、シンは男の背中で聞いた。からだじゅうが熱をもっているようで、ときどき意識《いしき》が遠くにいく。

目が覚めると、またしても火がそばにあった。こんどは焚火《たきび》ではなく、囲炉裏《いろり》の火だった。そこから、なんとも香《こう》ばしい匂《にお》いがして、シンはいままでにあじわったことのない強烈《きょうれつ》な空腹感《くうふくかん》に襲《おそ》われた。

「腹《はら》がへったか」

囲炉裏の向こうで老人が笑い、鍋《なべ》を炉端《ろばた》におろした。

「まる二日、眠《ねむ》っておったからな」

そんなに眠っていたというのか。いわれてみれば、ぐっすりと眠った実感があった。こんなに深い眠りをあじわったのは、母さんが死んでから初めてだ。けど、それより、いまは腹がへった。たまらなくものが食いたい。

鍋からもいい匂いがしたが、香ばしい匂いはそれではなかった。火のそばに小枝《こえだ》に刺《さ》した魚が立ててあり、そこからするのだった。

からだを起こそうとして、シンはうめいた。

「まだだいぶ痛《いた》むようだな。まずはこれを飲め」

差し出された椀《わん》のなかのものをひと口飲んだシンは、思わず顔をしかめた。こんなまずいもの、飲んだことがない。枯葉《かれは》を燃《も》やしたような匂《にお》いもする。

「煎《せん》じ薬だ。痛《いた》みがやわらぐ。食べるのはそれからだ」

食べるのはそれからといわれ、シンは無理に椀《わん》のなかのものを飲み込《こ》みながら、奇《き》妙《みょう》な思いにとらわれた。これではない別のもの、胸《むね》がすうっとするような、香《かお》りのよいものを飲ませてもらった気がする。けれど、よくは思い出せない。夢《ゆめ》でも見たのだろうか。

苦くてまずいものを飲み干《ほ》して、自分のからだを見てみれば、やはり腕《うで》も足も腹《はら》も巻《ま》かれていた。こんどは葉ではなく布《ぬの》で巻かれていた。布の端《はし》を持ち上げてみれば、緑のどろりとしたものが塗《ぬ》ってある。

「これは？」

「イヌザンショウの葉をすりつぶしたものだ。あのときは道具がなかったのでな、あするよりほかなかったが、このほうがよく効《き》く。どうだね、すこしは楽になったかね」

シンはうなずいた。さっきはうめいてしまったが、確《たし》かに痛みは軽くなっていた。ずっと軽くなっていた。

「ほら、ちょうどよく焼けた」

炉端《ろばた》に刺《さ》していた魚を小枝《こえだ》ごと渡《わた》された。

香《こう》ばしいものを、シンは頭から噛《か》んだ。さくり、ほろりとして、うまい。皮には藻《も》塩《じお》が振《ふ》ってあり、それがまたうまい。魚の骨《ほね》が口のなかの傷《きず》に当たれば痛く、血の味がした。でも、かまわず噛みしめる。うまい。

「こっちは熱いぞ」
よそってもらった粟《あわ》と豆の雑炊《ぞうすい》を、ふうふうと吹《ふ》いて口に入れる。うまい。椀から
そっと目をあげた。

「こ、ここは、どこ？」

「わしの家だ。わしひとりしか住んでおらんから、気をつかわんでいい」

ふしぎな家だった。土間があるだけで、土間の真ん中に囲炉裏《いろり》が切ってあり、囲炉裏のまわりに筵《むしろ》がならべられ、シンはそのひとつに寝《ね》かされていた。よく見れば、壁《かべ》も屋根も藁《わら》でできていて、ぐるりと置かれている籠《かご》やザルのなかに入っているものは枯《か》れ草や根のように見える。まるでここは草の家だ。

「名はなんという？」

老人にたずねられた。

「シン」

「歳《とし》は？」

「十」

「わしはマボウといってな、この里の薬師《くすし》の長《おさ》をしておる。歳は、とうの昔に忘《わす》れてしもうた」

マボウがうふふと笑う。

「お、おらは、なんでここにいるの」

シンが憶《おぼ》えているのは、洞窟《どうくつ》のような場所と、男におぶわれて山に分け入ったこと、あとは夕映《ゆうば》えのなか、里のひとたちが老人と男に話しかけてきたことくらいだ。それだって、よくは憶えていない。

「最初から話したほうがよかろうな。いま、おまえがいるのは朽葉《くちば》の里じゃ。海渡からは山をひとつ越《こ》えたところにある」

朽葉の里。そんな里など、シンは知らなかった。

「おまえを背負《せお》ってきた男を憶えているか」

シンはうなずいた。はっきりとは思い出せないが、頭《かしら》と同じくらいの歳で、でも、頭よりももっとたくましく、広い背中をしていた。

「あの男はイジュといってな、わしらは藻塩《もじお》が欲《ほ》しくて、海渡の市に行ったんじゃ」

「藻塩?」

「ああ、山では手に入らんからな。ところが市の手前にひとだかりがあって、怒鳴《どな》り声も聞こえる。気になって見てみれば、おまえが殴《なぐ》られておった。止めに入ったが、間に合わんでな。おまえがぴくりとも動かなくなったのを見て、さすがにあの男も正気に戻《もど》ったんじゃろう。遠巻《とおま》きに見ておった者たちも騒《さわ》ぎはじめてな。それで、うまくことが運んだ。わしらが、おまえを引き取ることができたんじゃ。だからもう、なにも心配せんでいい」

「おら、あそこに戻らなくていいの」

「ああ、戻らんでいい。からだが治ったら、おまえは、おまえの帰りたいところに帰れる」

ほっとした。どれだけほっとしたかわからないほど、ほっとした。けれど、だからといって、うれしさが込《こ》み上げてきたわけではなかった。帰る場所など、どこにもなかった。

マボウがシンを見つめていた。ふしぎな目だった。シンは見つめられることが苦手だったが、この老人に見つめられることはけっしていやではなかった。

「親を亡《な》くしたのか？」

シンはこくりとうなずいた。

「父ちゃんは、おらが赤ん坊《ぼう》のときに死んだ。漁師《りょうし》だったんだ。けど海が荒《あ》れて、戻《もど》ってこなかったって母ちゃんが。だからずっと、母ちゃんとふたりだった。でも母ちゃんも死んじまって、それでおら、ひとりになって、遠縁《とおえん》のところにもらわれたんだ。でも、追い出された。旅の一座《いちざ》と話をつけたから、役者にでもしてもらえって。あいつらといっしょに、どこへでも行け、戻ってくるんじゃねえぞって」

小さな声でつけ加えた。

「どこのうちだって、食い扶持《ぶち》がふえるのはこまるから」

あそこんちの婆《ばば》さまが、こそっと教えてくれた。恨《うら》んじゃならねえぞと。

なんで母ちゃんを、もっといたわらなかったんだろう。苦しそうに咳《せき》をしていたのに、だいじょうぶ、心配ないよといわれれば、馬鹿《ばか》みたいに信じて、ろくに手伝いもせずに遊びほうけていた。悔《く》やんでも、悔やんでも、もうどうしようもなかった。

「わしといっしょに、暮《く》らすかね。ここで。どうだね」

シンはマボウの顔をぼんやりと見た。

「なんで、爺《じい》さまは、おらにやさしくしてくれる？」

「見てのとおり、わしはひとり暮《ぐ》らしじゃ。おまえひとりふえたところで、なんの苦もない。こまりゃせんのだ。食べるものなら、なんとでもなる」

「おら、ほんとに、ここにいていいだか」

「ああ、いい。だから、食え。食えば、治りが早い」

うっすらと湯気を立てている雑炊《ぞうすい》を、シンはすすった。うまい。鼻の奥《おく》に熱いものが込《こ》み上げてくる。なぜ泣く？　つらいというなら、遠縁の家にもらわれたときだ。食べるたびに嫌味《いやみ》をいわれ、母親が死んだのはおまえのせいだと責《せ》められたときだ。親が死んだのに、泣きもせず、ぼけっと天井《てんじょう》を見上げていたんだよ、この子は。気味がわるいったらない、と嫌《きら》われたときだ。けど、そのときだって泣きはしなかった。なによりもいやだったのは、あの頭《かしら》だった。ひとをいたぶるのを楽しみにするあの男がいやでたまらなかった。恐《おそ》ろしかった。それでも泣きはしなかった。泣けばもっとやられるのがわかっていたから、泣けなかった。

「雑炊《ぞうすい》はまだ、たっぷりあるぞ」

涙《なみだ》が落ちてとまらなくなった。

二章　マボウの教え

シンのからだから痛《いた》みがすっかり消えると、マボウはシンに、一本のすっと長い枝《えだ》を渡《わた》した。

「持ってみい」

枝の片方《かたほう》に、この枝から伸《の》びていたのであろう小枝の残りがあり、持ち手のようになっていたから、シンはもう一方の端《はし》を地面についた。シンがにぎったのは持ち手のような小枝のかなり下だ。

「ふふっ、おまえには長いが、なあに、すぐに背《せ》は伸びる。そのくらいでよかろう。それは、おまえの杖《つえ》じゃ。山で生きていくには、それがあったほうがよいのでな」

マボウは杖をシンに持たせると、山へと連れていった。マボウの家は朽葉《くちば》の里から山にわずかに入ったところにあるのだが、そこからさらに山のなかへと入った。

最初に連れていかれたのは、マボウの家からも白くぼうっと見えた大きな山桜《やまざくら》のところだった。間近で見れば、かなりの老木であることがわかったが、満開の花は生気にあふれ、見事だった。

「あれが朽葉《くちば》の里じゃ」

そこから谷が見渡《みわた》せた。谷の中央を細い川が流れ、川にそって田畑が広がり、こんもりとした木々や家々が点々とある。こんな高みから、ひとの暮《く》らしを眺《なが》めたことなどなかったから、シンは見入った。

「小さな里じゃが、それでも月に一度、市《いち》が立つ。ほれ、里の真ん中のあのあたりでじゃ。こんどいっしょに行こうかのう」

「お、おらは、行かね。おらは山んなかにいるんでいい」

とっさにいってしまってから、シンはマボウを見たが、マボウは里を眺めたままだった。おらのことを弱虫と思っただろうか。ひとが怖《こわ》くて、ひとから隠《かく》れようとする弱虫めと。

「わしもな、おまえと同じじゃ」

マボウがちらりとシンを見た。

「里で暮らすより、山で暮らすほうが気楽でいい。だから、あんなところでひとりで暮らしておる。じゃがな、ここから眺める里はいいと思わんか？　ここから眺めていると、なんとのう、ひとの暮らしが愛《いと》おしゅうなる。のう、シン。この世は広い。おまえが思っているより、もっと、もっと広いんじゃ」

マボウがなにをいおうとしているのか、シンにはわからなかった。

「見てみい、里は小さい。まわりは、ぜんぶ森。そうであろう？　この世には、ひとよりも草木のほうがずっと多い。わしらは、えらいたくさんの草木に囲《かこ》まれて生きとる。どんなに里や都が大きく見えても、小さいんじゃ」

確《たし》かに里は、山のなかに小さくあった。そして山をおおいつくしているものは草や木だった。

「わしのとっておきの話をしようかのう。とっておきの話なんじゃが、薬師《くすし》たちに話しても、だれも信じてはくれん。はじめは信じてくれるんじゃが、そのうちに、わしが冗談《じょうだん》をいうたと思うらしい。その話を、おまえにもしようかのう」

「うん。おら、聞きてえ」

シンは、自分だけはマボウの話を信じようと思った。

「わしにはな、たまにじゃが、木の声が聞こえる」

まさか、という思いをシンは胸《むね》の奥《おく》へ押《お》し込《こ》んだ。

「どんな声？」

「鳥の声とも、獣《けもの》の声とも違《ちが》う。ひとの声に近いといえば近いかのう。とらえどころのない声でな、ひとりごとなのか、わしに話しかけているのかも、ようわからん」

「木が、しゃべってるの」

「ああ、そうじゃ」

「なんて？　なんてしゃべってるの」

「よくはわからんが、たいしたことじゃあない。気持ちがいいとか、むずがゆいとか、そんなふうなことじゃ。なんとのうな、わかる。じゃが、一度だけ、はっきりと声を聞いたことがある。わしに向かって、動くな、動いてはならん、といったんじゃ。耳の奥にな、声がはっきりと聞こえた。すぐにわかった。熊《くま》が、ほれ、そこの崖《がけ》のところから顔をだしておった。身を守るものといえば、この杖《つえ》だけでな、いざとなればこれで闘《たたか》うしかないと思ったが、木がな、そんなことはするな、じっと動かずにやりすごせ、という。そしてな、そのとたん、わしは自分が木の一部になったような気がした。熊が、わしの前を、すうっと通り過《す》ぎていきよった。姿《すがた》が見えなくなってから、わしは膝《ひざ》をついて、げほげほと息をした。自分でも気づかず、息をつめておったんじゃろう」

「くまって?」

「黒くて、大きくて、この山でもっとも恐《おそ》ろしい獣じゃ」

「か、頭《かしら》よりも恐ろしい?」

「あんな男など、熊のまえでは、ひとたまりもない。爪《つめ》でざっくりやられて終《しま》いじゃ」

そんなに恐《こわ》い獣が、この山にはいるのか。いや、それよりも、木がしゃべるというのはほんとうだろうか。もしそうだとしたら……。目の前に広がる山々や里が、いままでと違って見えた気がした。違う姿をのぞき見た気がした。

「あのとき、わしを助けてくれたのが、この山桜《やまざくら》じゃ」

マボウは親しい友に挨拶《あいさつ》でもするように山桜の幹《みき》にふれた。

「あのときの声がどのようなものだったのか、よくは思い出せん。ひとの声のように思ったが、そうではなく、木の声としかいいようのないものだったのかもしれん。だ

がな、この山桜《やまざくら》が、わしに動くなと命じたのは、はっきりとわかったんじゃ」

シンは耳を澄《す》ませた。自分も木の声を聞きたかった。でも、いくら耳を澄ませても
それらしい声は聞こえてこない。

「おらには聞こえねえ」

「いまは聞こえんな。木はえらく無口じゃから」

シンはあたりを見まわした。

「マボウさま、どの木も、みんなしゃべる?」

「さあて、わしにはわからん。もしかすれば、そうかもしれんし、そうじゃないかも
しれん。だが、山のなかを歩いていると、つぶやきみたいなもんが聞こえてくる。あ
あ、これは木の声だな、とわかる」

どんな声でもいい。聞いてみたい。

シンは訴《うった》えた。

「おらも聞きてえ」

「ならばな、まずは幹《みき》にふれてみい」

シンは、ごわごわとした黒い幹にふれてみた。

「この山桜《やまざくら》はな、おまえが自分にふれていることを知っとる」

「ほんとうに」

「ああ、ほんとうに」

「なんで？　なんでマボウさまにはわかるの？　おらにはわかんね」

マボウはうふふと笑った。

「木と仲ようしとれば、いつか、きっと、おまえにもわかる」


マボウは、シンをさらに山の奥《おく》へと連れていくようになった。

春の山には、よいものがどっさりとあった。桑《くわ》の実もそのひとつだ。黒くなるほどに熟《じゅく》した小さな実は、ほんのりとあまくてうまい。シンは夢中《むちゅう》で食べた。

手の届《とど》く限《かぎ》りの黒い実を食べつくしたシンに、マボウがきいた。

「あの枝《えだ》にも、うまそうな実がある。さあて、どうする？」

「木に登ればいい」

「登っても、枝の先になっているのはとれんじゃろうなあ」

シンは思い切り飛び跳《は》ねてみた。けれど、届かない。

「わしは、あの実をとれるぞ」

マボウが杖《つえ》に両手をのせて、うふふと笑った。

ぴんときた。杖を使うのだ。狙《ねら》いを定めて、シンは杖の先で枝を打った。熟《う》れた実がぽろぽろと落ちてきたが、黒く小さな実は落ちたそばから、どこに落ちたかわからなくなる。

「こうするんじゃ」

マボウは杖の下を持ち、取っ手を枝にかけて引き寄《よ》せた。

なるほど。

シンも同じようにし、桑の実を食べた。

「マボウさま、おらが桑の実を食べてること、桑の木はわかっとるかな」

「わかっとるじゃろうなあ」

杖は笹薮《ささやぶ》をかき分けるのにも使った。かき分けて、地面から生えている笹《ささ》の子を見つけてもぎとるのだ。シンもマボウをまねてとった。笹の子が竹の子に負けぬくらいうまいことは知っている。

「マボウさま、笹の子をもいだこと、笹はわかっとる？」

「わかっとるじゃろうなあ」

「子どもをとられたら、怒《おこ》るんじゃない？」

「怒っとるかもしれん」

シンの手がとまった。

「しょうがあるまい。わしらはそうやってしか生きていけんのじゃから」

恨《うら》むなよ。シンは笹《ささ》の子をもいだ。

マボウはこうもいった。

「生きものはな、おそらくみんな、もちつもたれつじゃ」

「もちつもたれつって？」

「食べたり、食べられたりじゃ」

「マボウさま、おらは食ういっぽうで、食われることはねえ」

「そう思っていられるのは、おまえがのん気なだけかもしれんぞ。山のなかでは、なにが起こるかわからん」

シンは熊《くま》の話を思い出し、杖《つえ》をにぎりなおした。

三章　マボウの手伝い

やがてシンは、マボウのしごとである薬草とりを手伝うようになった。

「これがヤブランじゃ。おまえもこれの世話になったんじゃぞ。からだを強めてくれるのでな。だが、これはそれだけじゃあない。乳《ちち》の出がわるいおなごが飲めば、出をよくしてくれる。さあ、根っこを抜《ぬ》いてくれ。もじゃもじゃとした根だが、ところどころ太くなっておってな、そこがいいんじゃ。切れぬよう、慎重《しんちょう》に抜くんだぞ」

シンはヤブランの根本を掘《ほ》って、土のなかに伸《の》びている茎《くき》をつかみ、引き抜こうとした。だが、びくともしない。草なのに。なんと強く土をつかんでいるのだろう。さらに掘り、もじゃもじゃとした根のなかに指をもぐりこませて、じわりじわりと引いていく。草に負けてたまるかと思い、許《ゆる》せとも思い、引いていく。きれいに抜けると、ほっとした。

しかし、シンが一本抜《ぬ》くあいだに、マボウは三本も抜いてしまう。二本目を抜こうとして、止められた。

「もう抜かんでいい」

「なんで」

「残しておけば、ふえる。だから残せ。そして、この場所を憶《おぼ》えておくんじゃ」

シンは大きくうなずいた。

背負《せお》い籠《かご》のなかがいっぱいになれば家に戻《もど》る。

途中《とちゅう》、マボウが立ちどまり、なんともいえぬ笑《え》みを浮《う》かべることがある。木の声が聞こえるんだと、シンも耳を澄《す》ます。けれどシンには聞こえず、マボウがうらやましかった。

「マボウさま、木はなんていってるの？」

「さあ、わしにはわからん。じゃが、機嫌《きげん》がよさそうじゃ」

マボウの家の前には、屋根をかけただけの作業場があり、とってきた食べものや薬草はザルごとに分け、作業場の隅《すみ》にある水場で洗《あら》う。水は、山の水を竹で引いたもので、たえずちょろちょろと流れ、流れた水は小石で固められた水路に導《みちび》かれて、山へと戻っていく。

シンはどんどん洗った。洗いが足りなければ、マボウに叱《しか》られた。いつまでも洗っていれば、また叱られた。

「必要なことを必要なだけやるのがしごとだ。手抜きはいかんが、やりすぎもいかん。おまえだって、いつまでも洗われたらいやになるだろう。ちょうどいいところで、すっと終われ」

「うん」

薬草は、洗い終えると作業場の屋根の下に干《ほ》した。日の光をたっぷり当てて干すのがよいものと、半日陰《ひかげ》でゆっくり干すのがよいものとがあったから、マボウに教わりながら、シンは手早く干していった。昼までに、ここまでの作業を終えなければならない。昼を過《す》ぎると、里からひとがやってくるからだ。

「いつものもので、すいませんな」

その日、いちばんにやってきたのはマボウと同じくらいの爺《じい》さまだった。

「なあに、いつものものがありがたいのよ。シン」

シンは爺《じい》さまからザルを受け取った。みっちりと編《あ》まれたザルのなかには粟《あわ》が入っている。それを家のなかの食糧庫《しょくりょうこ》にしまい、空いたザルをマボウに渡《わた》す。

爺さまが、シンをちらりと見てマボウに話しかけた。

「手伝いも、だいぶさまになってきましたな」

マボウがうふふとうなずく。

「かなりひどかったと聞きましたが、やはりあの薬のおかげですかの」

またマボウがうなずく。

「なあ、マボウさま、わしにも、ちいと、あれをくださらんか。里の子じゃないあの子にもやったんじゃ。なら、このわしにも」

マボウは溜息《ためいき》をひとつついた。

「わしら年寄《としよ》りが、そんなことをいうてどうする？　あれを使うのは、どうしても必要なときだけじゃ」

「じゃけど、このわしだって、しんどい。寝《ね》ようと横になれば、ごほごほとなる。朝起きても、ごほごほ。おまけに黄色い痰《たん》がからんで、これがなかなかとれんで、いやになる」

「それはつらいのう」

「じゃから、ちいとだけ」

「だめじゃ。あんたはじゅうぶん元気じゃ。それが証拠《しょうこ》に、自分の足でここまできたんじゃろう？」

「嫌味《いやみ》ですかの」

「いいや。ほめとる。からだは使って長持ちさせるのがいちばんじゃ」

ふたりが黙《だま》り込《こ》んだから、シンは恐《おそ》る恐るふたりを見た。にらみあってると思ったのだ。だが、なんのことはない。たがいの顔を見て、にたりと笑っていた。

「見せてくれるかの」

マボウがいうと、爺さまは舌《した》をべーっとだした。マボウはその舌を見て、首すじをさわり、脇《わき》の下や胸《むね》、背中《せなか》もさわった。

「どうですかの」

「まずまずじゃ」

マボウは家のなかに入ると、爺さまが持ってきたザルのなかに、もっさりと薬草を入れて戻《もど》ってきた。

「いつものものに、朴《ほお》の木の皮を加えておいた。痰《たん》の切れがよくなるのでな」

シンは思わずたずねていた。

「マボウさま、朴の木のほかには、なにを？」

爺《じい》さまが驚《おどろ》いたようにシンを見る。

マボウはそんなふたりの顔を等分に見ながら教えた。

「これはわかるな、朴の木の樹皮《じゅひ》だ。これがハハコグサで、こっちはジャノヒゲの根。ヤブランの根ではないぞ、ジャノヒゲの根だ。そしてこれがカラスウリの種じゃ」

種も使うのか。これが、この爺さまの咳《せき》をしずめるための薬。母さんにも飲ませることができたなら、母さんの咳はおさまっただろうか。

マボウの口から「薬師《くすし》」ということばを聞いたときには、ぴんとこなかったが、おとなたちの話のなかに、「薬師」ということばは確《たし》かにあった。薬師さまに診《み》てもらえたらいいのに、診てもらって薬をもらえたらいいのに。そんなことをひそひそと小声で話していた。けれど、薬師さまに診てもらい、薬をもらうには銭《ぜに》が必要で、銭ではなく、米や粟《あわ》などでもよかったのかもしれないが、貧《まず》しい暮《く》らしのなかには余分《よぶん》なものなどなにもなく、母さんは薬師に診てもらうことも、薬をもらうこともなく、死んでしまった。

「坊主《ぼうず》、おまえ、薬師になりたいのかね」

爺さまに問われ、シンは返事につまった。

「薬師になるのは、そりゃあ大変なことだと聞くぞ」

おまえにできるのかね、という顔になる。

シンの頭は、ぼんやりと爺さまのことばを考えたが、いつまでもそうしてはいられなかった。作業場には、ひとり、またひとりと、里から薬を求めてひとがくる。そしてみな、薬をもらったからといって、すぐに帰りはしなかった。なんだかんだと話をし、たっぷりと笑ってからでなければ腰《こし》を上げない。

ようやくみんなが帰っていくと、シンは思い切ってたずねた。

「マボウさま、おらも薬師になれるだろうか」

「それはな、おまえしだいだ」

おら、しだい。それは、おらもなれる、ということか。

「どうすればなれるの？」

「まずは、どんな草や木が、どんな薬になるかを知らねばならん。そしてな、この里には、わしをふくめ五人の薬師《くすし》がおるのじゃが、その五人に、自分がじゅうぶんにそれらを知っていることを示《しめ》さねばならん。まずは、それをしなければならん」

マボウの顔には、おまえには無理だとも、おまえにはできるとも書いてない。

シンはもうひとつ、気になっていたことをたずねた。

「今日いちばんに来た爺《じい》さまが欲《ほ》しがった薬、おらにやったあの薬って、いったいなに？　おら、それがどんなものか知りてえ」

イヌザンショウの葉やヤブランの根も、自分を癒《いや》してくれたのだろう。でも、ほかにもある。とてもたいせつななにかがある。自分のいのちを救《すく》ってくれたのは、いったいどんな草木なのだろう。知りたい。

「それはいえん」

シンは驚《おどろ》いた。マボウはたずねたことには、いつも答えてくれたからだ。

「なんで？　おら、知りてえ」

「なんでもじゃ。おまえが薬師になったら、そのときは、教えてやることができよう」

シンが薬師になることを、かたくこころに決めたのはこのときだ。

そしてそう決めれば、マボウの手伝いにいっそう身が入った。

季節はゆっくりとめぐっていった。

夏になると、山は蝉《せみ》の声でいっぱいになった。涼《すず》しいうちに薬草とりをすませると、マボウは昼寝《ひるね》をするようになった。里を見下ろしても、野良《のら》しごとをするひとの姿《すがた》はなく、訪《たず》ねてくるひともいない。

みな、暑い盛《さか》りを避《さ》けるようになり、日が頭の天辺《てっぺん》にあるうちは、すべてが眠《ねむ》ったようになる。蝉の声さえ、眠りを誘《さそ》うように響《ひび》き渡《わた》る。

草ぶきの家のなかは暗く、思いのほか涼しかった。シンは光が入る戸口のそばで、朴《ほお》の葉を開いた。葉のあいだには、薬草や薬樹《やくじゅ》が平らになって、はさまっている。

これをつくったのはシンだ。最初は、日々とったもののなかから、ひとつだけ分けてもらい、籠《かご》に入れていたのだが、すぐに丸まって絡《から》み合うようになってしまった。これではだめだと、自分の顔よりも大きい朴の葉のあいだにはさんでみたが、乾《かわ》いてからだと、やはりがさがさとなる。それで試《ため》しに、とってきたばかりのものを朴の葉のあいだにはさみ、重しをかけてみたのだ。これがなかなかにいい具合で、かさばらないばかりか、花のようすも、葉のようすもよくわかる。

シンは朴《ほお》の葉を開いては、でてきた薬草や薬樹《やくじゅ》の名前と、用い方を、口のなかで唱えた。けれど三枚《まい》も開けば、とろとろと眠《ねむ》くなる。頬《ほほ》をひっぱたき、朴の葉を開く。そしてまたとろとろとなる。


日々は穏《おだ》やかに過《す》ぎていった。

ただ、ごくたまに、里のひとが血相を変えて飛び込《こ》んでくることがあった。そうなればマボウは、背負《せお》い籠《かご》に薬草を入れ、ふところには竹筒《たけづつ》を入れて、シンの肩《かた》をつかんだ。

「今夜は戻《もど》れんかもしれぬ。よいな」

「うん」

シンは、マボウにそういわれることが誇《ほこ》らしかった。


里の薬師《くすし》が訪《たず》ねてくることもある。どんな薬草や薬樹を使うべきか、迷《まよ》っているという。ふしぎなことに、マボウが自分の考えをすぐにいうことはなかった。それより

も話を聞く。そしてたずねる。それを繰《く》り返しているうちに、そうだ、あれがいいと、訪ねてきた薬師が自分で自分の膝《ひざ》を打つ。もちろん、そうはならないこともあり、そういうときは、マボウが薬草の組み合わせを口にしたり、口にした薬草を薬師が持っていなければ、その薬草を分け与《あた》えたりした。

シンはそばでじっと聞いていた。知っている薬草の名前がでてくれば、あれだと思い、知らない薬草の名前がでてくれば、手にとってみたいと思う。

そんなシンに、薬師が声をかけた。

「わしらの話がおもしろいか」

「うん」

「それなら、おまえはイジュさまのところのキナと話があうぞ」

薬師はシンの頭をくしゃりとなでた。

いつしか暑さは弱まり、秋の気配が感じられるようになった。

そして秋が深まるにつれ、忙《いそが》しくなった。冬支度《ふゆじたく》をしなければならなかったからだ。春までに必要な薬草はもちろん、食べるものも、薪《たきぎ》も集めねばならない。それだけではない。秋の山菜を背負《せお》って海渡《かいと》に行き、藻塩《もじお》と換《か》えてくることもしなければならない。それを三度ほどしなければならなかった。

「マボウさま、海渡に行くのは、おらにさせてけれ」

シンは頼《たの》み込《こ》んだ。からだがきつくなってきたマボウの役に立ちたかった。

「イジュさまといっしょなら、なんの心配もいらねえ。それに、海渡はおらが生まれ、育ったところだ。イジュさまよりも、おらのほうが海渡を知ってる。おらのほうが役に立つかもしれねえ。マボウさま、だから、おらに、おらに行かせてけれ」

そしてようやく許《ゆる》しを得て、シンはイジュといっしょに海渡に向かった。あの山中の洞窟《どうくつ》で一夜を明かし、夜明けとともに市を目指した。

最初に行ったときは、市が近づくにつれ、手のひらにも脇《わき》の下にもいやな汗《あせ》をかいた。行くといったのは自分だったにもかかわらず、頭《かしら》に見つかることが怖《こわ》くて、一座《いちざ》が縄張《なわば》りのようにしていた場所が見えると、顔もからだもこわばった。

けれど、そこにいたのは子どもたちで、甲高《かんだか》い笑い声をあげて走り回っていた。一座の姿《すがた》もなければ、荷車もない。

その次に海渡に行ったときも、次の次に行ったときも同じで、まったく気配がなかった。シンにもようやく一座が海渡を去ったのだとわかった。旅の一座なのだ。客の入りがわるくなれば移動《いどう》する。どこかほかの都へ行ったのだろう。もう二度と戻《もど》ってくるな。胸《むね》のうちでそう吐《は》き捨《す》てた。

ある晩《ばん》、マボウがいった。

「明日は今年最後の里の市だ。一年でいちばん大きな市でな、それが終われば、春までない。いっしょに行ってみるか」

シンはうなずいた。

四章　里の市で

朽葉《くちば》の里のなかでもっとも広いと思われる道の片側《かたがわ》に、筵《むしろ》が広げられていた。筵の上にはいろんなものがならび、それが長く続いている。獣《けもの》の生肉や干《ほ》し肉、豆餅《まめもち》や粟《あわ》餅《もち》、菜をつけた樽《たる》もある。

これはなんだろうと顔を寄《よ》せて見てみれば、蜂《はち》の子だった。

食べものだけではない。海渡《かいと》の市で手に入れたと思われる古着や古道具もあり、里のひとびとは、それらひとつひとつを楽しむように眺《なが》めている。まるで、今年一年の自分たちのはたらきに、どんな褒美《ほうび》を与《あた》えようかと思案するように。

マボウがまず立ち寄ったのは毛皮をならべた筵だった。筵の主は、たまにマボウのところに獣の肉を届《とど》けてくれる男だったから、毛皮は男が仕留《しと》めた獣のものに違《ちが》いない。

「マボウさま、熊の毛皮もありますよ。これがあれば冬が楽になる」

「そうじゃのう。じゃが、まずはこっちだな」

マボウはキツネとウサギの毛皮を何枚《まい》か選び、みっちりと編《あ》んだ小さな四角い竹《たけ》かごのなかに入れてきた藻塩《もじお》と交換《こうかん》した。

次に立ち寄ったのは古道具がならべられている筵だった。鍋《なべ》や釜《かま》、野良《のら》の道具などがごちゃっとある。そんな筵をいくつか眺め、あったわいと、マボウが拾いあげたのは小刀だった。鞘《さや》を抜《ぬ》こうとして苦労した。やっと抜いて、わかった。錆《さ》びついていたのだ。

「どうだ？」

シンに見せる。

「マボウさま、これじゃあ菜も切れねえ」

シンは刃《は》に指の腹《はら》を当てて答えた。

「そうよのう」

といいつつ、マボウは錆びついた小刀を藻塩と交換した。シンはやめたほうがいいと袖《そで》を引いたのだが、マボウはふくみ笑いをするだけだった。

そして次に立ち寄ったのは、いかにも不愛想な婆《ばば》がすわっている筵《むしろ》だった。婆の前にあるのは水の入った桶《おけ》と研《と》ぎ石だ。

「頼《たの》む」

マボウが小刀を渡《わた》すと、婆が顔をしかめた。

機嫌《きげん》をとるように、マボウがいう。

「確《たし》かに、ひどいのう。だが、あんたの手にかかれば、わけはなかろう」

「わしゃあ、おだてにはのらん」

「ふうむ。あんたの手にも負えんか」

「できぬ、とは、いうてない」

ふたりのみょうなやりとりを聞きながら、シンは背後《はいご》の声に耳を澄《す》ませた。

「いたぞ。あそこだ」

「ああ、ほんとだ」

夫婦《ふうふ》ものらしいふたりが、ひとをかきわけるようにゆく。その先には、小さな子を抱《だ》いた少女が立っていた。ふたりは礼でもいうかのように頭を下げると、少女の胸《むね》からその子を抱き取った。そして、いかにもほっとしたようすで、こちらに歩いてくる。

そうか、あの子は迷子《まいご》になったのか。迷子になった子を、あの少女は抱いていたのか。その子が親を見つけやすいように。親がその子を見つけやすいように。

　少女は渡した子をいつまでも見続けていた。けれど、子どもは母親にあまえるだけで、少女のほうを見ることをしない。少女のことなど、すっかり忘《わす》れてしまったように。そのとき、少女が笑《え》みを浮《う》かべたのだ。自分を振《ふ》り返らなかった子に、にっこりと。シンにはそれがふしぎだった。

「あれはキナだ。イジュの娘《むすめ》だ」

シンの視線《しせん》の先を見て、マボウが娘の名を教えた。

キナがマボウに気づき、駆《か》けてくる。

「マボウさまっ」

明るい目をした利発そうな少女だった。

「ということは、あなたがシン？」

シンはうなずいた。

「よかった。あたし、あなたに会いたくて、市のなかを行ったり来たりしてたのよ」

「おらに？」

「そう。あなたに会いたくて」

「なんで？」

「あなた、薬師《くすし》になるつもりでしょ？」

シンは小さくうなずいた。

キナはシンの目をのぞきこむようにする。

「『薬師の問い』、いつ受ける？」

「く、薬師の問い？」

「マボウさまから聞いてないの？　薬師になるためには、まず『薬師の問い』を受けなくちゃ」

ああ、あれかなとシンは思う。薬師たちに、自分がじゅうぶんに草木のことを知っていることを示《しめ》さなければならないというやつ。

「いつ、受ける？」

「つ、次の、次の年」

よく考えもせずに答えた。

「次の、次の年か。よし、あたしもそうしよう。あたしもね、父さんのしごとを手伝ってるの。父さんには、まだぜんぜんだっていわれるけど、でも、次の、次の年までなら、なんとかする」

キナの明るい目は勝気そうでもあった。

「あなた、いくつ？」

「十」

「あたしは十一。負けるわけにはいかないわ」

シンをにらむように見る。

そして、あごを上に向け、とんと胸《むね》をたたいたのだ。

「あたしは、あなたよりひとつお姉さん。頼《たよ》っていいわよ」

キナを見ていると、シンは胸の奥《おく》が自分のものではなくなるような気がした。

「マボウさまよ、こげなところだな」

研《と》ぎ師の婆《ばば》のしゃがれた声がした。

マボウが小刀を受け取り、日の光に刃《は》をかざし、目を細めた。

「さすがだな」

婆の顔に、まんざらではない笑《え》みが広がり、藻塩《もじお》を受け取った。


その夜、夕餉《ゆうげ》の鍋《なべ》をつつきながらシンはマボウにたずねた。

「『薬師《くすし》の問い』って、なに?」

「キナから聞いたか」

シンはうなずいた。

「薬師になるための問いじゃ。この里には三百ほどの薬となる草木がある。それらについて、わしら薬師が、五十の問いをだす。薬師になろうとする者は、その問いのすべてに正しく答えねばならん。ひとつでも答えられなければ、その先へは進めん」

三百もあるのか。朴《ほお》の葉にはさんだものは六十ほどだろうか。ずいぶんたまったと思っていたが、まだまだだ。

マボウが、今日手に入れたキツネとウサギの毛皮を、シンのほうに寄越《よこ》した。毛皮の上には、あの小刀ものっている。

「これは、おまえのだ。この一年、よう手伝ってくれた」

「お、おら、なんもしてね」

シンはあわてた。

「わしの気持ちじゃ。受け取っておくれ。その毛皮がなければ、この里の冬は越せんぞ。小刀はな、おまえがほんとうに薬師になろうとするなら、必要なものじゃ。キナももちろん持っている」

そう聞けば、シンにはもう断《ことわ》ることはできなかった。

「マボウさま、おら、たいせつに使う」

小刀と毛皮を受け取った。


それからひと月がたったころだろうか。

朝、やけに静かだと思いながら戸口の筵《むしろ》を開けたシンは目を見張《みは》った。あたり一面、真っ白だったのだ。

マボウがシンの肩口《かたぐち》から外を眺《なが》め、つぶやいた。

「やっぱり積もっておったか」

これが冬の始まりだった。

もはや山から食べものを得ることはできない。けれど家のなかには、ありとあらゆる食べものがぶら下がり、積み上げられていて、それらを見れば、愉快《ゆかい》な気分になってくる。巣のなかにどんぐりをためこんだリスの気分は、こんなものだろうか。

「これからは、わしが薬をもって里に降《お》りる番じゃ。おまえもついて来るか」

「うん。おらも行く」

日が高くなると、ふたりは背負《せお》い籠《かご》に薬草と薬樹《やくじゅ》を入れ、年寄《としよ》りたちの家を訪《たず》ね歩いた。マボウが里に来ていることが知れれば、うちにも寄ってほしいと声がかかることもあり、そうなればそれらの家々もまわった。

風のない冬晴れの日は、積もった雪が日の光を弾《はじ》き返し、まぶしいほどで、かがんでよく見てみれば、雪の上で小さな光がちかちかと踊《おど》るように輝《かがや》いている。じっとしていても寒くはなく、歩けば、背中がぽかぽかとしてくる。そんな日を選んで里に行くのだが、病が重い者がいれば、天気のわるさを気にしてはいられない。シンは毛皮のありがたさを思い知った。風のある日や雪の日は、毛皮でからだをつつんでいなければ、熱があっという間にもっていかれ、手の指も足の指もかじかんで動かなくなっただろう。

吹雪《ふぶき》になれば、さすがにふたりとも家のなかにこもった。戸口には筵《むしろ》を二枚《まい》重ねにして下ろしていたが、風や雪が吹《ふ》き込《こ》むようであれば、家のなかにある薪《たきぎ》を戸口に積み上げて防《ふさ》いだ。まるで冬ごもりの巣穴《すあな》のようになった家のなかで、囲炉裏《いろり》の明かりを頼《たよ》りに過《す》ごした。風の音がごうごうと鳴り、時おり囲炉裏の薪が勢《いきお》いよくはぜる。

マボウはのんびりと縄《なわ》をなったり、草鞋《わらじ》を編《あ》んだりし、シンもそれを手伝いはしたが、さして忙《いそが》しくもなかったので、多くの時を朴《ほお》の葉を開くことに費《つい》やした。冬支度《ふゆじたく》にかかりきりになったせいで、三つにひとつはあやしくなっていた。

「マボウさま、これは、なんだっけ」

「さあて、なんだったかのう。腰《こし》でももんでもらえば、思い出すかもしれんなあ」

いそいそと腹《はら》ばいになったマボウの腰を、シンはもんだ。

「そこじゃない、違《ちが》う、そ、そこじゃ。そこをもっときゅっと。きゅううううっとじゃ」

腰がすめば肩《かた》、腕《うで》や足ももんだ。マボウが気持ちよさそうにするのが、シンにはうれしくて、手のひらでさすったり、自分のからだの重さをかけるようにしてもんだ。

ふたりは食べることにこれまでいじょうに熱心になった。とりわけ吹雪《ふぶき》の日は、食べることが重要だった。熱いものを食べてさえいれば、どれだけ外が荒《あ》れ狂《くる》っていても、気持ちを強くしていられた。

あとになってシンが思い出すのは、こんな日々のことだった。ごうごうと鳴る風の音と、薪《たきぎ》のはぜる音、マボウの声。鍋《なべ》からあがる湯気と食べものの匂《にお》い。怖《こわ》いものはなにもなかった。

五章　十二歳《さい》の春

マボウと暮《く》らしはじめてから三度目の春を迎《むか》えた。

シンは十二になり、背《せ》はマボウをほんのすこし越《こ》した。からだには鹿《しか》のようなしなやかな筋肉《きんにく》がついている。

山が、なんと親しみ深いものになったのだろうと、シンは思う。緑一色にしか見えなかったのに、いまは、わたしはここにいる、あたしはここと、草や木が呼《よ》びかけてくるようなのだ。シンの耳に声が聞こえたわけではない。声が聞きたいと願い、どれほど耳を澄《す》ませたかわからない。けれど、シンには聞こえなかった。その代わり、草木の姿《すがた》が目に飛び込《こ》んでくる。でもそれは、シンに限《かぎ》ったことではないだろう。薬師《くすし》ならばだれにだって、キナにだって、山はこんなふうに見えているに違《ちが》いない。自分はやっと、その仲間入りをしたところなのだとシンは思う。

「シンよ、わらびもこごみも出はじめたな」

マボウが春の山で腰《こし》をかがめていう。

「ええ、そろそろ海渡《かいと》に行ってきます」

朽木《くちき》に生えたヒラタケを摘《つ》みながらシンが答える。

イジュとシンが春と秋に山菜やきのこと交換《こうかん》して手に入れる藻塩《もじお》は、薬師《くすし》たちのあいだで分けあい、薬師たちはそれを里の市でつかったので、藻塩は里のひとびとの手に薄《うす》く広く渡《わた》っていった。

魚や肉を焼くときに藻塩をふればうまいのはシンにもわかるが、はたして、そのために自分たちはわざわざ海渡まで行くのだろうか？　いまさらではあるが、聞いてみた。

「マボウさま、なぜ海渡まで行って、藻塩を手に入れなければならないのでしょう」

マボウはシンに近寄《ちかよ》り、目をのぞきこむようにした。

「たまにじゃがな、わしのからだが藻塩を欲《ほ》しがるのがわかる。わしだけじゃないぞ。

イジュやほかの薬師たちも同じじゃ。よいか、シン。からだが欲しがるものはからだに必要なものじゃ。おまえも薬師になりたかったら、からだがなにを欲しがっているか、わかるようにならにゃならん」

いつ、だれが、どのようにして藻塩を知ったのか、手に入れたのか、それはわからないが、からだが藻塩を欲しがっていることを知ってからというもの、薬師たちのだれかが海渡まで行って、手に入れてきたのだという。

けれど、シンには、からだが欲《ほっ》するということがよくわからない。

「それなら、煎《せん》じ薬はどうなのでしょう。からだには必要でも、あんなまずいものを、からだが求めているとは思えませんが」

マボウはうふふと笑った。

「ひとは、だめよのう。うまくないものはよける。じゃがな、獣《けもの》は違《ちが》うぞ。わしはな、鹿《しか》が、いつもは食べん草や実を食べるのを、何度か見たことがある。いつもは食べんのじゃから、うまくはないのだろう。じゃが、わざとその草や実だけを選んで食べよる。食べて、どうなると思う？　吐《は》いて、やれやれという顔になる。わかるじゃろ？あいつらは、吐き出したくて、わざと食べるんじゃ」

「からだが求めたから？」

「それしかなかろう。あいつらには、からだが求めているものがわかる」

　ひとは鹿《しか》よりおとるというのか。

　そう思えば、情《なさ》けなくもなるのだが、とにもかくにも、藻塩《もじお》はひとのからだに必要なものらしく、手に入れねばならぬのだと、シンは自分にいい聞かせた。

「ところでな、キナが、『薬師《くすし》の問い』を受けたいといっておる。おまえはどうじゃ？」

　シンはあわてた。キナと約束した年が今年であることは、もちろんわかってはいたが。

「キナはすべての薬草や薬樹《やくじゅ》を憶《おぼ》えたのでしょうか」

「さあて、どうじゃろう。キナがどのくらい憶えたか、わしも楽しみじゃ」

　マボウがうれしそうにいう。

　シンはマボウとの暮《く》らしになんの不満もなかった。ただひとつのことを除《のぞ》いては。

　それは『薬師の問い』に関わることだった。この里に三百ある薬草や薬樹のうち、シ

ンが憶えたのは二百五十ほどだ。残りの五十をまだ知らない。知りたくてマボウにせっつくようにすると、あせるな、あせるなと、のらりくらりとかわされるのだ。

「どうする?」

おもしろそうに聞く。

「おらにも受けさせてください」

キナが受けるのであれば、自分も受けたかった。

「ふむ、よかろう」

キナに初めて会ったときのことを思い出すと、シンの頬《ほほ》はしぜんに緩《ゆる》む。あたしはあなたよりひとつお姉さん、頼《たよ》っていいわよと、あごを上に向け、とんと胸《むね》をたたいたのだった。実際《じっさい》、キナは頼れる存在《そんざい》だった。目も口もよく動く。キナがいると、あたりはあっという間に、明るくにぎやかになる。気難《きむずか》しい爺《じい》さまや、婆《ばば》さまも笑わせてしまうのだから、シンにとっては驚異《きょうい》だった。

「薬師の問いは、いつあるのでしょう」

「夏至《げし》の日じゃ」

もうすぐだった。

六章　薬師《くすし》の問い

その日、マボウの作業場に、朽葉《くちば》の里の薬師五人とキナ、シンが車座《くるまざ》にすわった。

キナの顔には、シンがこれまでに目にしたことのない緊張《きんちょう》があったが、シンの顔にはもっとあるだろう。知らない薬草や薬樹《やくじゅ》がまだある。けっして少ないとはいえないほどある。そのうちのひとつでもでたら答えられない。ほんとうは、知らないという時点で受けるべきではないのかもしれない。しかし、マボウはだめだとはいわなかった。それどころか、おまえはどうするときいてくれたのであり、シンはやはり受けたかった。やるだけやろう。答えられるだけ、答えてみよう。

マボウがキナとシンのふたりを見つめ、声を発した。

「これから『薬師の問い』をはじめる。よいな。では、一の問いを」

イジュがひとつの草をだした。それをキナとシンでよく見た。手に取り、匂《にお》いをかいだ。

「ちぎってもいいでしょうか」

キナがマボウにたずねた。

「ああ、かまわぬ。味をみてもよいぞ」

キナはちぎって匂いをかぎ、口にふくんで味をみた。シンも同じようにした。

「まず、シンから。それがなんであるか、どのように使うかを答えよ」

シンが答え、つぎにキナが答えた。同じ答えに、シンはほっとした。

「では、二の問いを」

別の薬師が別の草をだした。

「こんどはキナから」

キナが答え、つぎにシンが答えた。

次々に草や樹皮がだされた。種や実もだされた。シンは、もはやキナがどのように答えたかは考えなかった。ただ目の前のものに集中した。

「では、これが最後の問いだ。答えよ」

いままでの問いに、すべて正しく答えたかときかれたら、シンには自信がなかった。けれど、シンなりにある確《たし》かさをもって答えた。どうかあと一問、答えられますように。

だされた草を見て、シンは自分の目を疑《うたが》った。それはキナも同じだったのかもしれない。戸惑《とまど》いが伝わってきた。

「ではキナから」

「ゲ、ゲンノショウコです」

それは種が飛んだ後の姿《すがた》だった。先端《せんたん》が五つに分かれてくるりと反り返った姿は、じつにかわいらしかった。だが、ゲンノショウコはもっとも基本《きほん》の薬草だ。そんな草が最後の問いとしてだされるだろうか。シンは思わずマボウを見たが、マボウは突《つ》きはなすようなまなざしをシンに返した。

キナは続けて答えた。

「花が咲《さ》いているときにとるのがよく、日に当ててよく干《ほ》して用います。煎《せん》じるのは茎《くき》と葉。腹《はら》を下しているときは煎じたものを食べた後に飲み、喉《のど》がはれているときには、時を選ばず、煎じたもので喉をすすぎます。かぶれには、煎じたものを冷やし、布《ぬの》にふくませて用います」

なぜこれが最後の問いなのだろう。簡単《かんたん》すぎる。どこかに落とし穴《あな》がある。シンはキナが答えるあいだも考え続けた。が、これはやはりゲンノショウコだ。キナと同じように答えた。

「これで五十の問い、すべてが終わった。薬師《くすし》たちよ、ふたりが間違《まちが》えたものがあれば、それを膝《ひざ》の前にだされよ」

マボウが四人の薬師を見た。キナの父、イジュもそのなかにいる。

シンの胸《むね》はきりりと締《し》めつけられた。たぶんキナも同じだ。

薬師たちはみな、手を膝《ひざ》の上においたままだった。

「間違いはない、でよろしいかな」

「はい」

四人が答え、マボウも答えた。

「わしのだした問いにも、間違いはなかった。ふたりともよくやった。今日から、おまえたちは薬師見習いじゃ」

ほっとして、シンとキナは顔を見合わせた。たがいの顔を見ているうちに、ほっとした気持ちがうれしさに変わってくる。

マボウがふたりに語りかけた。

「この里には、薬草や薬樹《やくじゅ》が三百ほどある。そのすべてを、おまえたちはまだ知らぬ。そうであろう?」

シンはうなずいた。

驚《おどろ》いたことに、キナもうなずいた。

「じつはな、わしも自信がない」

マボウはうふうふと笑い、薬師《くすし》たちからも笑いがこぼれた。

「わしは二百も自信がない」

薬師のひとりがいう。

「おまえ、それはまずいぞ。おれは二百五十、いや、六十はいけるぞ」

イジュまでがそんなことをいう。

笑いが収《おさ》まるのを待って、マボウがキナとシンをそれぞれに見た。

「よいか。自分が知らぬ薬草や薬樹を、ほかのだれかが知っている。そのふたりが知らぬ薬草や薬樹を、またほかのだれかが知っている。だから、おまえたちがまだ知らぬ薬草や薬樹は、ここにいるそれぞれの薬師に教えてもらうがよい。三百あるといったが、もっとあるかもしれぬ。新しい薬草や薬樹を、おまえたちが見つけるかもしれぬ。見つけたときは、けっしてひとりのものにしてはならぬ。わしらに伝えねばならぬ。わしらもおまえたちに伝えよう。わかったな。では、これから、ふた月ずつ、それぞれの薬師のもとで学ぶがよい。わしら五人が、おまえたちの力量を認《みと》めたとき、おまえたちは見習いを終え、薬師として独《ひと》り立ちする。どれほど時がかかるか、それはわからぬ。おまえたちしだいだ」

「はい」

ふたりは深く頭を下げた。

その日、夕餉《ゆうげ》を食べながら、シンはマボウにたずねた。

「なぜ最後の問いがゲンノショウコだったのでしょう」

「やさしすぎると思ったか」

シンはうなずき、マボウはうふふと笑った。

「難《むずか》しい問いならば、ほかにいくらでもあるからな。だが、あの問いは、薬師ならば絶対《ぜったい》に答えることができなければならぬものだ。そういう問いが、ほかにもいくつかあったであろう。あれらに答えられなければ、どれほど難《むずか》しい問いに答えることができたとしても、薬師《くすし》としてはやっていけぬ。だが、わしはちと心配しておったぞ。花が咲《さ》いているときのゲンノショウコならば、どれほどとったかわからぬが、種を飛ばした後の姿《すがた》を、おまえが見ておるかどうか、わからんでな。さすがにそのくらいは見ておったか」

『薬師の問い』のときのマボウには、近寄《ちかよ》りがたい雰囲気《ふんいき》があったが、いま目の前にいるマボウは、いつもの爺《じい》さまだった。その爺さまの顔がゆっくりと変わった。

「おまえは今日から薬師見習いだ。わしも、ほかの薬師たちも、みなおまえの師だ。そのことをわきまえて過《す》ごすように」

シンは背筋《せすじ》を伸《の》ばした。

「はい」

七章　薬師《くすし》見習い

キナとシンは割《わ》り当てられた薬師のもとへと通った。キナはマボウのもとへ、シンはドリギという薬師のもとへ。

ドリギは太鼓《たいこ》っ腹《ぱら》で、どこもかしこも丸い、指までも丸々とした男だった。髪《かみ》には花のついた小枝《こえだ》を何本かさしていて、どうだ、よかろうと、得意げな顔をする。

そのドリギが、腹をゆすりあげるようにして笑った。

「マボウさまのところは山から水を引いておるが、ここでは水は川から汲《く》んでこなければならん。

今日からそれは、おまえのしごとだ」

「はい」

シンがまずすることは、ドリギの作業場にある大きな瓶《かめ》を水でいっぱいにすることだった。

ほかにもマボウとの違《ちが》いがあった。マボウは、天気さえよければ毎日山に入ったが、ここでは川べりや草むらで手に入る薬草を多く用い、そのおかげで新しく知ることができた薬草もあったが、手に入らぬものも多い。それらは日を決めて山に入り、その日は薬草とりに専念《せんねん》するのだった。しかし、そのようにしてもなお、扱《あつか》う薬草や薬樹《やくじゅ》の種類は、マボウのところに比《くら》べれば、だいぶ少なかった。

訪《たず》ねてくる里のひとたちの顔ぶれも違った。マボウのところには年寄《としよ》りが多かったが、ここでは子どもが多い。

いまも、ぎゃあぎゃあと泣く子を抱《だ》いて、母親が駆《か》け込《こ》んできた。

「煮《に》えた鍋《なべ》のなかに手を入れてしまって」

歳《とし》のころはふたつか三つと思われる子どもの手は、水ぶくれこそできていなかったが、真っ赤になっていた。

ドリギはシンに命じて桶《おけ》に水を張《は》らせると、その子の手を突《つ》っ込んだ。子どもは火がついたように泣いているが、痛《いた》みよりも驚《おどろ》きのほうが大きいのかもしれない。

「なんだって煮えた鍋なんぞに手を」

ドリギが子どもの手を水に突っ込んだままたずねると、母親はいっしょについてきた五、六歳《さい》と思われる少年に目をやった。

その子が消え入りそうな声で答えた。

「か、粥《かゆ》をつかもうとしたんだと思う。ぼこぼこするから」

「なんで止めなかったの。あんた、お兄ちゃんなのよ」

「あっと思ったら、入れてたんだ」

「ちゃんと見てないからでしょ」

母親に責《せ》められて、その子は下を向いた。

「シン、ガマの穂《ほ》をとってこい」

「はい」

シンは背負《せお》い籠《かご》をとると河原《かわら》に走った。

遠目に茶色いずんぐり胴型《どうがた》のガマの穂が見えてきた。まずい。ああなっては、上部についている雄花《おばな》の穂《ほ》はすでに黄色い花粉を飛ばしている。

けど、近くまでいってみれば、花粉をつけた穂がまだまだいっぱいあるのがわかった。よし。シンはそれらの若《わか》いガマの穂を小刀ですぱすぱと切り、籠《かご》をいっぱいにすると、走って戻《もど》った。

「ドリギさま、これでいいでしょうか」

籠のなかのものを見せた。

走ったせいで、こぼれた花粉で籠が黄色になっていた。

「ああ、急いで頼《たの》む」

「はい」

しょげきった少年がまだいた。見れば頬《ほほ》に涙《なみだ》の跡《あと》がぐちゃぐちゃとある。あのころの自分に、どこか似《に》ていた。母を亡《な》くしたころの自分。シンはその子の背《せ》をたたいた。

「手伝ってくれ」

少年が弾《はじ》かれたようにシンを見る。

「ガマの穂から黄色い粉《こな》をとるんだ。この粉がやけどに効《き》く。だが乱暴《らんぼう》に扱《あつか》ってはだめだ。ほら、こんなふうに飛んでしまうからな」

ふたりは空の鍋《なべ》を囲むようにしゃがむと、そっとガマの穂を揺《ゆ》すったり、はたいたりしながら、花粉を落とした。少年の手が、ひっしに動いた。

ドリギのもとでふた月学ぶと、次の薬師《くすし》のもとへ移《うつ》り、そしてまた次の薬師のもとへと通う。シンは多くのことを学んだが、たまにはこんなこともある。

「マボウさまが用いられる、あれはなんだっけ？　乳《ちち》の出がわるいときに用いる、ほら、あれは？」

「ヤブランでしょうか」

「そう、それだ。あれがあればいいんだが」

「とってきましょうか」

「どこにあるか、わかっているのか？」

「はい」

シンは薬師《くすし》たちの役に立てることがうれしかった。

ごくたまに、とんでもないことが起こった。

ひとつめは熊《くま》に襲《おそ》われた男が運び込《こ》まれたときだ。手を尽《つ》くしたが、傷《きず》が深く、どうしても血を止めることができない。

「シン、背中《せなか》を支《ささ》えておくれ」

薬師は竹筒《たけづつ》から煎《せん》じ薬のようなものを飲ませた。

すうっとするよい香《かお》りがする。

「だいじょうぶだ。かならず楽になるからな」

薬師は男にささやいた。

かならず楽になる。それはほんとうだった。苦痛《くつう》にゆがんでいた男の顔がやわらぎ、妻《つま》や子どもたちとも話ができるようになったのだ。そしてしばらくして、眠《ねむ》るように息を引き取った。

ふたつめは、子どもがひきつけを起こしているから、すぐに来てほしいといわれたときだ。子どもの背中はのけぞり、手足はびくびくとふるえている。

「よし、よし、だいじょうぶだ。すぐ楽になるからな」

薬師は竹筒をだし、シンは飲ませやすいように子どもを抱《だ》いた。背を反り、からだをふるわせる子どものちからは、子どもとは思えないほど強く、油断《ゆだん》をすれば、シンのほうが弾《はじ》き飛ばされそうだった。薬師が子どもの口に丸めた布《ぬの》を押《お》し込んだ。そうしなければ誤《あやま》って舌《した》を噛《か》み切りそうだったのだ。

「これを飲めば楽になるぞ。すぐに楽になるぞ」

薬師は子どもをなだめながら、口の端《はし》からすこしずつ、すこしずつ、竹筒のなかのものを口にふくませ、あごをあげて飲ませてやった。やがて、子どものからだから、ちからが抜《ぬ》けてゆくのがわかった。ゆるみはじめると、だらりとなるのは早く、シンは丸めた布を口から取ってやった。子どもはそのまま眠ってしまった。

「あとは、この子しだいだ」

薬師とシンは、交代で子どもを見守った。

まる二日眠っていた子が目を覚ましたときは、この世のふしぎを見るようだった。

その子は、自分を囲《かこ》むようにして座《すわ》っているおとなたちをぼんやりと見つめ、腹《はら》がへっ

たといったのだ。母親はその声を聞くと、その子のからだにおおいかぶさるようにして泣いた。

「薬師さま、竹筒《たけづつ》のなかの薬はいったい」

シンはそっとたずねた。

「まだ教えるわけにいかぬ」

シンは確信《かくしん》した。自分が助かったのは、この薬のおかげだ。遠い記憶《きおく》を探《さぐ》った。すうっとするあの香《かお》りには、かすかだが憶《おぼ》えがある。目を覚ましたときの強烈《きょうれつ》な空腹感《くうふくかん》なら、はっきりと憶えている。そして深く長い眠《ねむ》りも。


薬師《くすし》見習いとなって二年近くを過《す》ごした春、シンとキナはそろって薬師となった。薬師のもとを一巡《いちじゅん》したあとは、どちらかが先に薬師になるであろうと思われたが、それはなく、ふたりいっしょだった。もしかしたら、薬師としてのしごとをはじめるのには春がいちばんよい季節だったから、そうなったのかもしれない。

シンは十四、キナは十五になり、「薬師の問い」を受けたときに比《くら》べれば、ふたりともずいぶんおとなになっていたが、それでも、これほど若《わか》い薬師の誕生《たんじょう》は初めてのことだという。

ふたりだけになったとき、キナはシンに笑いかけた。

「やったわね。さすがマボウさまのお弟子《でし》」

「きみだって」

「あたしの場合は、女のひとたちが父さんやマボウさまに頼《たの》み込《こ》んだんだもの」

そのことはシンも知っていた。女のひとには女のひとにしかわからない病があり、女たちは、キナが早く薬師になることを強く望んだのだ。

「でも、頼み込んだから、じゃないよ。そんなにあまくはない」

「そうね。それはそうね。でもシンはすごい。父さん、あなたに薬草のことをきいたでしょ。薬師が薬師見習いに聞いたのよ。信じられない」

キナは目をくるっとまわした。そんなふうにすると、出会ったころとおんなじ顔になる。

「ねえ、シン。もうすぐ、あたしたちも知ることができるわね」

「うん」

竹筒のなかの薬のことだ。

それから間もなく、シンとキナはマボウに連れられて山の奥《おく》へと入った。シンはこれまでに数えきれないほどマボウといっしょに山のなかに入ったが、来たことのない場所だった。

枝《えだ》をかきわけるようにして、マボウが枝の向こうへゆき、そのあとをキナとシンが続いた。

ふたりとも息を飲んだ。

ぽっかりと丸い空間があったのだ。

その真ん中に、小さな銀色の木がある。姿《すがた》は椿《つばき》に似《に》ているといえば似ている。けれど枝も葉も少なく、数えられるほどで、樹皮《じゅひ》も葉も銀色だった。その銀がやわらかく発光しているように見える。見上げれば、まわりの木々がこの空間を守るように枝を伸《の》ばしていて、葉のすきまから光が差し込《こ》んでいる。足元を見れば、足首を埋《うず》めるほどの小さな草花が咲《さ》いていた。

「これが銀樹《ぎんじゅ》だ」

ふたりはそろりと近づいた。銀樹は腰《こし》の高さまでしかなかったから、かがんでよく

見た。近くで見ても、やはり銀がほんのり発光している。

シンはこころのなかで思った。

ようやく会えた。

やっと会えた。

そして、銀樹《ぎんじゅ》の幹《みき》にふれ、動けなくなった。指先から湯のように温かいものが流れ込《こ》み、耳の奥《おく》へと伝わってくるのを感じたのだ。それは耳の奥をじんわりと温め、消えていった。

いまのはなんだったのだ。

キナも同じように銀樹の幹《みき》にふれていたから、シンは問うようにキナを見た。

「うつくしい木ね」

キナはうっとりと答えただけだった。

マボウがふたりに語りかけた。

「この木の樹皮と葉を煎《せん》じたものが銀樹の薬だ。薬師《くすし》見習いのあいだ、薬師が竹筒《たけづつ》から薬を飲ませたのを見たであろう。あれが銀樹の薬だ。これまで三度、樹皮をはいだが、どこかわかるか」

ふたりは丹念《たんねん》に銀樹を見た。

「ここところ、そしてここじゃ」

いわれなければわからぬほどの跡《あと》が幹にあった。小指の長さほどの小さな跡だ。小さくはあったが、この木にとっては、けっして小さくはないだろう。

「はいだときは白い木肌《きはだ》があらわれたが、十日ほどあとになって見たときは、銀色の樹皮がうっすらと膜《まく》を張《は》ったようになっておった。こんなに小さいが、強い生命力をもった木だ」

マボウは、あらためてふたりを見つめた。

「銀樹を見つけたときのことを話しておこうと思う。長い話になるが」

ふたりはうなずいた。ひとことも聞き漏《も》らすまい。

「あれは、わしがいまのイジュくらいのころじゃった。そのころのわしはな、暇《ひま》さえあれば山のなかを歩いておった。山のどこにどんな草木があるか、知りたくてな。つい夢中《むちゅう》になった。ぶわりと風が吹《ふ》き、木々の葉がざわざわと鳴ったときには遅《おそ》かった。ばらばらと葉を打って、大粒《おおつぶ》の雨が落ちてきおった。山の天気は変わりやすいというのに、なんとうかつな。自分で自分に舌《した》打ちした。

雨は、あっという間に目の前をさえぎるほどになってな、見えるものといえば、斜《なな》めに走る雨と、強い風にあおられるまわりの木々だけになった。身を隠《かく》す場所もなく、呆然《ぼうぜん》となっておったときじゃ。風に大きくしなった枝《えだ》の向こうに、明るく静かな場所が見えた。それがなにか知りたくて、雨と風に手を伸《の》ばすようにして歩き、枝をかきわけ、くぐった。そこが、ここじゃ」

ふたりは、ごくりとつばを飲み込《こ》んだ。

「なんとも、ふしぎじゃった。強い雨は霧雨《きりさめ》になっておってな、小さな草花がうれしそうに細かな雨を受けておった。そして、真ん中にあったのがこの木だ。いまよりひとまわりか、ふたまわり、小さかったかもしれぬ。だが、それほど変わりはない。わしは見とれた。そして我《われ》に返ると、葉を数枚《すうまい》とり、小刀で樹皮《じゅひ》を少しはぎとった。薬《やっ》効《こう》があると確信《かくしん》したからだ。

雨風は長くは続かなかった。飛んで帰って、葉と樹皮を煎《せん》じてみた。煎じはじめてすぐにいい香《かお》りがしてな、夢《ゆめ》でも見ているような気分じゃった。煎じ終えて、ひと口飲んでみた。そして、あやうく死にかけた。わしは五日間、眠《ねむ》りこけておったんじゃ。だがな、目覚めたときは爽快《そうかい》じゃった。そして猛烈《もうれつ》に、ものが食いたくなった。それ以外は、どこもなんともなかった。

わしは急いで薬師《くすし》たちを集め、煎じたものを水でたっぷりと薄《うす》めて、みなに分けた。そのままでは強すぎるとわかったのでな。そしてみなが、それぞれに試《ため》してみた。わかったことがふたつある。飲めば、だれもが深い眠りに落ちること。そして、病《や》んでいれば癒《いや》されるということじゃ。この木には、強い癒しのちからがあったんじゃ。わしらは、この薬を、いのちが危《あぶ》ない者たちに用いた。すべての者が助かったわけではなかったが、助からなかった者も、痛《いた》みからは逃《のが》れることができた」

マボウはシンを見た。

「おまえは一度、銀樹の薬を飲んだことがある」

シンはうなずいた。

「これだったんですね」

「ああ、そうだ」

「マボウさま、あたしも銀樹の薬を飲んでいいですか。自分のからだで試してみたい」

キナが訴《うった》えた。

「ああ、いい。風邪《かぜ》をこじらせたら、ひと口飲んでみるといい。病んでいなければ、効《き》き目はわからぬ。わしのように眠《ねむ》りこけるだけだ」

「はい」

「マボウさま、銀樹《ぎんじゅ》の薬は、あらゆる病に効くのでしょうか」

　こんどはシンがたずねた。

「ああ、おそらく。わしらも、そのことについてはずいぶんと考えた。そしてこう思うようになった。獣《けもの》は傷《きず》を負ったとき、巣穴《すあな》でじっと動かずに過《す》ごすであろう？　傷が癒《い》えるまで。銀樹の薬は、それと同じことをさせるのではないかと。あの深い眠りは、そのようなものかもしれないと」

　マボウはふたりをじっと見た。

「戻《もど》ったら、おまえたちにも竹筒《たけづつ》に一本ずつ、銀樹の薬を与《あた》えよう。一度、自分のからだで試《ため》すのは許《ゆる》すが、二度はだめだ。この薬を用いるのは、どうしてもこれが必要なときだけじゃ。銀樹は、こんなにも小さな木だ。しかも、ひとつしかない。わしらはこの木を守っていかねばならん。だから、この場所を知っているのは薬師《くすし》のみ。だれにも教えてはならぬ」

　ふたりは深くうなずいた。

キナは自分の家のそばに、草ぶきの小さな家と作業場をもった。里のひとたちがちからを合わせ、あっという間につくりあげたのだ。そしてそこは、女たちが自分たちの不安や病について気兼《きが》ねなく話せる場所になった。

シンもまた、マボウの家のそばに、小さな草ぶきの家と作業場をもった。キナと同様、里のひとたちがつくってくれたのだ。家をつくるとき、この里では、このようにしてみなでつくるのだという。

「わしのことなら気にせんでいい。これを機に、おまえも里に降《お》りてみてはどうだね」

マボウにはそういわれた。

けれどシンは、そうしたいとは思わなかった。里に降りたとしても、いったいどれだけのひとがシンのもとに来てくれるだろう。シンが手当をしてやった子どもたちは、確《たし》かにシンになついていた。だが親たちにすれば、十四のシンよりも、経験《けいけん》を積んだ薬師たちのほうがはるかに頼《たよ》りになる。見ていれば、それがわかった。けれどシンだって、草木のことならば、マボウのほかにはだれにも引けを取らない自信があった。

「しばらくのあいだ、薬草や薬樹《やくじゅ》をとることに専念《せんねん》してみたいのです。里の薬師たちは山に入りたくても入れないときがあります。多くの薬草を手許《てもと》においておけるわけでもありません。必要な薬草をだれかが代わりにとれば、薬師たちは助かるのではないかと」

そしてそれは、マボウがやってきたことでもあった。里の薬師たちは、与《あた》えるべき薬草に迷《まよ》ったときはマボウに相談にのってもらい、すすめられたものを持っていなければ、分けてもらうのが常《つね》だった。しかし、マボウもからだがしんどくなったのだろう。近ごろは山の奥《おく》まで足をのばすことはめったにない。ならば、自分がマボウの手足になって集めればいい、とシンは考えたのだ。

「里の薬師《くすし》たちに、必要なものをあらかじめ聞いておけば、届《とど》けることもできます」

「ふうむ。みなにたずねてみようかの」

薬師たちは、シンがそうしてくれることを望んだ。

シンの日々は変わった。朝夕はマボウといっしょに食事をとるが、あとはひとりで動いた。背負《せお》い籠《かご》を負い、手に杖《つえ》をもち、帯のあいだには小刀をはさんで。ひとりで入る山は、だれかといっしょに入るときとまったく違《ちが》った。たとえば、枝《えだ》の上のリスと目を見交《みか》わしたときだ。濃密《のうみつ》だった。たがいに、いま相手を見たことを感じあった。シンは、リスの目をとおして、リスのからだのなかにある、リスそのものを感じたし、おそらくリスもそうだろう。たがいに、相手のからだのなかにある相手そのものを感じた。それは一対一でしか得られない、生々しい感覚だった。かつて、マボウが語ったことばが耳によみがえる。

「のう、シン。この世は広い。おまえが思っているより、もっと、もっと広いんじゃ」

あのことばはこういう意味でもあったのか。

薬師たちに頼《たの》まれたものをとりおえると、奥へ、奥へと歩きもした。山は、すこしでも油断《ゆだん》すれば、とんでもないことになる。シンは一度、痛《いた》い思いをした。薬草を掘《ほ》ることに夢中《むちゅう》になり、顔をあげたときには、自分がどこにいるのかわからなくなっていたのだ。ぐるりと見まわして、ぞっとした。どこから、どうやってここに来たのか、まったくわからない。頼《たよ》りになるものは杖だけだった。獣《けもの》のように目と鼻を地面につけ、自分がつけた杖の跡《あと》を捜《さが》した。かすかな跡をたどり、わかる場所までたどりついたときの安堵感《あんどかん》を、シンは一生忘《わす》れないだろう。

銀樹《ぎんじゅ》のもとへも通った。あの感覚を確《たし》かめずにはいられなかったのだ。

ぽっかりとあいた空間に足を踏《ふ》み入れると、やはりここは特別な場所なのだと思った。守られているのを感じるのだ。

銀樹《ぎんじゅ》の幹《みき》にふれ、目をつぶる。わかる。指先から湯のように温かいものが流れ込《こ》んでくる。それが耳の奥《おく》へと伝わってくる。耳の奥をじんわりと温める。声を聞いたわけではない。それでも、うれしかった。銀樹が伝えてくるものは温かいもの。それだけでじゅうぶんだった。

シンはマボウにだけ、このことを伝えた。

「そうか。銀樹が」

マボウの声は限《かぎ》りなくやさしかった。

八章　海渡《かいと》からの客

山奥《やまおく》でとった薬草をマボウのところに届《とど》けにいったときだ。

「シン兄っ」

声をかけてきたのは、やけどを負った弟のためにシンといっしょにガマの穂《ほ》から黄色い粉《こな》をはたいた少年だった。自分で釣《つ》ったイワナを誇《ほこ》らしげに持ってきてくれることもあり、いまも少年の手には釣りの道具があったから、シンの顔は思わずほころんだのだが、少年は鼻の下をこすると、こういった。

「迷《まよ》ってたから、おらが連れてきてやった」

少年の後ろから、三十代半ばと思われる男が顔をだした。背《せ》は高くないが、がっちりとしたからだつきをしていて、どこかイノシシを思わせる。

「朽葉《くちば》の里の薬師《くすし》の長《おさ》さまの家は、こちらでしょうか」

「ええ、そうです。マボウさまになにか」

男は少年の肩《かた》に手をおいた。

「助かった。礼をいう」

少年は照れたように笑い、シンに向かって、イワナはこんど持ってきてやるというと、走って里へと降《お》りていった。

男が頭を下げる。

「海渡の薬師で、捨吉《すてきち》と申します。朽葉の里の薬師の長さまにお会いしたくて、お訪《たず》ねしました」

いかつい顔には無精《ぶしょう》ひげが生え、頭の上の方で髪《かみ》をひとつにまとめているが、横から毛がいくつもはねている。ぱっと見ただけでは、里のひとびととさして変わらない姿《すがた》だが、しかし袴《はかま》をはいていた。背《せ》には旅の荷が見える。

「お待ちください」

シンは戸口を、背をかがめてくぐった。

「マボウさま、海渡から薬師が訪ねてきました」

「海渡から？」

薬草のかさを確《たし》かめていたマボウは、その手を止めた。

「はい。道に迷《まよ》ったところを里の子が連れてきたようです」

「ほう、珍《めずら》しいことがあるものだ。炉端《ろばた》に招《まね》いておくれ。すまんが、おまえもいてくれるか」

「はい」

海渡から朽葉の里へひとが来たことは、シンが知る限《かぎ》り、一度もなかった。

捨吉は背筋《せすじ》を正すと、生真面目《きまじめ》な口調で切りだした。

「じつはこの里に、どんな病にも効《き》く薬があると聞き、お訪ねしました」

「そのような話を、どこで？」

マボウがやんわりとたずねる。

「海渡の飯屋で」

「だれに？」

「この里のおかたに」

捨吉のことばに、マボウはどんな表情《ひょうじょう》も見せなかった。

まるで時が止まったようだった。

捨吉が身を乗り出した。

「いきなり押《お》しかけるようにして、このように参ったことを、どうかお許《ゆる》しください。しかし、わたくしにとっては、その薬が最後の望みなのです」

「最後の望み？」

「はい。どうか、わたくしの話をお聞きください」

マボウはうなずいた。

「わたくしは、重い気鬱《きうつ》をやわらげる薬を探《さが》しだすよう命じられ、ほうぼうを旅しました。まる一年をかけ、都という都を訪《たず》ね歩きました。しかし、見つけることはできませんでした。見つけたものは、どれも、わたくしどもが知っているものばかりで、手ぶらで帰るしかないのかと海渡に戻《もど》り、飯屋で酒を飲んでおりました。情《なさ》けない話ですが、そうしないではいられなかったのです。わたくしがよほどふさいだ顔をしていたからでしょう。どうしたのかと話しかけてくれたかたがいます。自分は猟師《りょうし》で、毛皮を卸《おろ》しに海渡にやってきたのだといい、おもしろい話を聞かせてくれました。どれも聞いたことのない珍《めずら》しい話ばかりで、だから、たずねてみたのです。あなたの里に気鬱に効《き》くよい薬はないかと」

捨吉はいったんことばを切り、マボウの顔を見たが、やはりマボウはどんな表情も浮《う》かべなかった。

「そのかたは、気鬱に効く薬というものがどういうものかは知らないが、自分の里にはよい薬があると教えてくれました。どんな痛《いた》みをもやわらげてくれる、癒《いや》してくれる薬があると。その薬のおかげで、昔は恐《おそ》ろしかった病も、いまはそれほど恐ろしいものではなくなり、死ぬかと思われたひとも、死なずにすむようになったのだと。その薬はとても貴重《きちょう》なもののようで、めったに使われることはないが、里の薬師《くすし》たちは、いよいよというときには、それを用いるのだと。ところが、わたくしがその薬についていろいろたずねるうちに、そのかたの口は重くなり、まるでわたくしを避《さ》けるように飯屋を出ていかれたのです。残されたわたくしは、いま一度、話を吟味《ぎんみ》してみました。そして、なんとしても、その薬がどのようなものか確《たし》かめねばならぬと思い、このようにしてここへ参った次第です」

マボウはやんわりと口をひらいた。

「気鬱《きうつ》には、ゆっくりと話を聞いてやるのが、いちばんじゃと思うがの」

「それはすでに試みたのでございます。むろん、さまざまな薬を煎《せん》じてもみました。しかし一向に。それどころか、ますますひどくなられて」

「ひどく？」

「聞こえないものが聞こえ、見えないものが見えるようなのでございます」

捨吉はそれいじょう話すことをためらった。

マボウはといえば、なにもきかず、なにも語らない。

どれほど沈黙《ちんもく》が続いただろうか。

とうとう腹《はら》を決めたように捨吉が口をひらいた。

「これからお話ししますことを、口外なさらないとお約束くださいますか。このようなことをお頼《たの》みできる立場にはないことは重々承知《しょうち》しております。しかし、お願いしないわけにはいかないのです」

「よかろう。シン、おまえもよいな」

「はい」

捨吉は息をひとつはいてから話しはじめた。

「あるおかたに、生きていれば今年七つになるお子がおられました。しかし、お子は三つの歳《とし》にお亡《な》くなりになりました。毒《どく》を盛《も》られたのです。

そのおかたの怒《いか》りは、それは激《はげ》しく恐《おそ》ろしいものでした。多くの者がひどい責《せ》め苦をあじわわされて死にました。薬《くす》師《し》のなかのいく人かも、いのちを落としました。毒を用意したのは、おまえたちに違《ちが》いないと疑《うたが》われて。薬師の長《おさ》でさえ、その疑いから逃《のが》れることはできず、囚《とら》われました。

そのおかたの怒りは激しく外に向かうものでしたが、しかしそのおかたの妻《つま》、すなわちお子の母御《ははご》の悲しみは内に向かうもので、食事を召《め》し上がることさえ拒《こば》まれるようになり、薬師の長が牢《ろう》からだされることになりました。母御の気鬱を癒《いや》すよう命じられて。残された薬師の手ではどうにもならなかったのです。薬師の長はさまざまに工夫《くふう》されました。母御の気持ちはすこしずつ落ち着き、あくる年、ふたりめのお子を授《さず》かってからはずいぶん明るくなられ、ときには声をあげて、お笑いになることもありました。

しかし、そのお子が二つになられたときから、ふたたびごようすがおかしくなったのです。毒を盛られるのではないかと恐れられるようになり、尋常《じんじょう》ではないおふるまいをされるようになったのです。疑《うたが》うこころとは、じつに恐《おそ》ろしいものでございます。見えないものを見させ、聞こえないものを聞かせてしまうのです。下女への仕打ちなど、とても……。薬師《くすし》の長《おさ》は、さまざまな薬を煎《せん》じましたが、母御《ははご》のおこころをしずめることはできず、わたくしは旅にでるよう、薬師の長から命じられました。なんとしても重い気鬱《きうつ》に効《き》く薬を探《さが》しだせと。

これでおわかりいただけたことと思います。どうか、この里にある、どんな病をも癒《いや》すという薬についてお教えくださいい」

捨吉は深く頭を下げた。

あるおかたとはだれだろうと、シンは考えた。多くの者のいのちを奪《うば》うことのできる者、薬師の長を捕《と》らえ、牢《ろう》に入れることができる者。ひとりしか思い浮《う》かばなかった。シンがまだ一座《いちざ》にいたときだ。あの頭《かしら》がにやりと笑い、兄さんたちにつぶやいたのだ。この都のお館さまはあぶねえやつらしい、まあ俺《おれ》らには関わりがねえがな、と。

「シン、気分がふさいだときに用いるものをだしておくれ」

「はい」

シンは積まれた籠《かご》やザルから、いくつかの薬草と薬樹《やくじゅ》をだした。

捨吉はそれらをひとつひとつ丹念《たんねん》に見たが、首を横に振《ふ》った。

「これらは、わたくしどもも存《ぞん》じております」

「気鬱には話をよく聞いてやること、それがいちばんの薬だと思うがの」

重ねてマボウはそういった。

「それはすでに試みたのでございます。しかし、だめでした。親しかったかたがたも、ひとが変わられたようだといって、ふたたびお会いくださることはありません。もしかすれば、疑いの目が自分に向けられるのを怖《おそ》れていらっしゃるのかもしれません」

捨吉はすがるようにマボウを見た。

「このままでは、わたくしは帰るに帰れません。どうかその薬について、お教えください」

がばと頭を下げた。下げ続けた。

「捨吉さんと申されましたな。今夜は、ここに泊《と》まるがよい。すまぬが、わしはちと急ぎの用があってな。シン、夕餉《ゆうげ》の支度《したく》を頼《たの》む。遅《おそ》くなるかもしれぬから、そのときは、わしを待たずに、ふたりで食べておくれ」

「はい」

薬師《くすし》たちに会うのだな。シンにはわかった。

マボウが出ていくと、炉端《ろばた》にぽつんと捨吉が取り残された。

歳《とし》はシンよりずっと上であったが、背中《せなか》を丸めた姿《すがた》があわれで、シンは話しかけた。

「夕餉《ゆうげ》の支度《したく》をするにはまだ間があります。よろしければ、すこし山を歩きませんか。そうすれば、この里にどんな草木があるかも、おわかりいただけます」

「……そうだな。それも、よいな」

捨吉は重い腰《こし》をあげた。

シンには捨吉の胸《むね》のうちが透《す》けて見えるようだった。なぜ教えてくれぬと、暗くつぶやいているに違《ちが》いない。

しかし、いざ山に入ると、捨吉はさすがに薬師だった。薬草や薬樹《やくじゅ》を見つけるのも、見分けるのも、この山を知るシンと同じくらい早い。

「さすがですね」

「あなたこそ。マボウさまは、あなたのお爺《じじ》さまかな」

「いえ。血はつながっておりません。わたしはマボウさまに拾っていただきました。

生まれは海渡です」

「拾われた？」

シンは、自分がこの里で暮《く》らすようになったいきさつを話した。なぜ話したのだろう。やはり、捨吉が海渡のひとだからだろうか。こんな話でもすれば、すこしは捨吉の気が紛《まぎ》れるだろうと考えたからだろうか。

「あなたも大変だったな」

捨吉はひとことそういった。

シンは、そのことばを噛《か》み締《し》めた。

ほんとうに大変だった。母さんが死んでから、この里に来るまでは。

「それで、マボウさまは、あなたにどのような薬を煎《せん》じたのだろう」

捨吉の目が暗く光った。

シンはぎくりとした。この男の頭には、薬を探《さが》すことしかないのだ。気をつけろ。悟《さと》られてはいけない。

「すまん」

捨吉は気まずさを埋《う》めるように、自分のことを語りだした。

「じつは、わたしもあなたと同じ拾われた身でな。どんな理由があったかは知らぬが、わたしの親は、薬師《くすし》の館の門前にわたしを捨《す》てた。そこならば、なんとかしてもらえると考えたのかもしれない。幸いにも、わたしは薬師の館で育てられ、はじめは掃除《そうじ》や賄《まかない》の下働きをしていたのだが、薬師の長《おさ》さまに気に入られて、読み書きを教わり、薬草についても学ぶようになった。そしてとうとう、薬師になったというわけだ」

シンは黙《だま》ってそのことばを聞いた。

マボウはその夜、遅《おそ》く帰ってきた。疲《つか》れが顔にもからだにも見えた。

「夕餉《ゆうげ》が残っております。温めましょうか」

「いや、いらぬ」

「では、なにか煎《せん》じましょう。お疲れのようです」

「そうしてくれるか。それとな、客人をおまえのところで休ませてやってくれ。捨吉さんと申されたな、これの家はすぐそばでな、今夜はそこで休んでほしい。わしは、ちと考えごとをせねばならんのでな。ひとりになりたい」

「わかりました」

捨吉の目にちろりと灯《ひ》がともったように見えたが、それもすぐに消えた。マボウの顔はそれほどに険《けわ》しかった。

シンは自分の家に捨吉を連れてゆき、寝床《ねどこ》を整えると、先に休んでいてほしいと伝え、マボウの家に取って返した。しまってある竹筒《たけづつ》が気になったが、まさか勝手に捜《さが》すことはしないだろう。

「マボウさま、いかがでしたか」

「みな、迷《まよ》っておる。シン、おまえはどうしたい？　あの者に銀樹《ぎんじゅ》の薬を分けてやりたいか」

「いいえ。わたしはそうは思いません。気鬱《きうつ》ならば、マボウさまがおっしゃったとおりです。煎じ薬で気分をやわらげ、話を聞いてやるのがいちばんかと」

「じゃが、それでは治らないといっておるのだぞ」

「あの男の話を聞いて、わたしが気の毒《どく》に思ったのは、責《せ》め苦をあじわわされて死んでいった者たちです。その者たちの痛《いた》みや苦しみに比《くら》べれば、母御《ははご》の気鬱など、生《なま》ぬるいとしか思えません。なぜ、苦しめた側の者たちを助けねばならないのでしょう。朽葉《くちば》の里にも、子を亡《な》くした母はいます。でも、それでも、なんとかやっています」

「だがな、シンよ、母御《ははご》の気鬱《きうつ》が治らなければ、ほかのだれかが苦しむことになる。あの男もそれをいちばん恐《おそ》れているのじゃろう。それにな、シン。どれほど苦しみ、痛《いた》みを感じているか、そのほんとうのところは、そのひとでなければわからん」

マボウは銀樹《ぎんじゅ》の薬を分けてやるつもりなのだろうか。シンはいやだった。そんな者どもより、銀樹のほうがたいせつだ。

「マボウさま。はたして銀樹の薬は気鬱に効《き》くのでしょうか」

効かないのであれば、渡《わた》す必要はない。

「わからん。わしらはそのように用いたことがないのでな。じゃが、あの深い眠《ねむ》りは、病《や》んだこころをも、やわらげてくれるかもしれぬ」

シンはあのときのことを思いだした。ぐっすり眠ったという実感があった。

「のう、シン。おまえとキナが薬師《くすし》見習いになったとき、わしらがおまえたちに語ったことを憶《おぼ》えておるか」

憶えていた。マボウはこういったのだ。薬草や薬樹《やくじゅ》を、けっしてひとりのものにしてはならん。教えあわねばならんと。

「そのことをいま、試《ため》されているのよのう」

シンにはうなずくことができなかった。

「里の薬師たちは、わしの考えに従《したが》うというてくれておるのじゃが」

「もちろんわたしも。マボウさまのお考えに従います」

それ以外の答えは、シンにはなかった。

「そうか」


あくる朝、三人の顔にはそれぞれに疲《つか》れが浮《う》かんでいた。眠れずに夜を過《す》ごしたことがわかる。

朝餉《あさげ》をすませると、おもむろにマボウが口をひらいた。

「捨吉さんは、ほうぼうを旅されたといわれましたな」

「はい」

「ならば、銀色の木を見たことがあるであろうか？　あるいはその噂《うわさ》でも」

シンはマボウを見た。分けてやるつもりなのだ。

捨吉はいぶかしげに問い返した。

「銀色の木？　そのような木があるのですか」

マボウの目が一瞬《いっしゅん》、暗くなったように見えた。

「ある。この里の者があなたに語った薬は、その木の樹皮《じゅひ》と葉を煎《せん》じたものだ。銀色の木なのでな、わしらは銀樹《ぎんじゅ》と呼《よ》び、煎じたものを銀樹の薬と呼んでおる」

「銀樹の薬」

「重い気鬱《きうつ》を晴らしてくれるかどうかはわからぬ。わしらは気鬱に用いたことがないのでな。だが、強い癒《いや》しのちからをもっていることは確《たし》かだ。試《ため》してみてもよいかもしれぬ」

「では、その薬を、お分けくださるのですか」

捨吉の顔がぱっと明るくなった。

「ああ、お分けしよう」

マボウは立ち上がり、銀樹の薬が入っている大きな瓢箪《ひょうたん》をとると、竹筒《たけづつ》に注いだ。瓢箪の尻《しり》があがっているから、銀樹の薬は残りわずかだ。

竹筒を受け取った捨吉は栓《せん》をあけて、匂《にお》いをかいだ。

「なんとよい香《かお》り。かぐだけでも、気分が安らぐようです」

「煎じたものを水で薄《うす》めてある。だが、それでもかなり強いちからがある。飲めば深い眠《ねむ》りに落ち、おそらくまる二日、目を覚まさぬであろう」

「まる二日、目を覚まさぬ？　マボウさま、この薬のちからとは、いったいどのようなものなのでしょう」

「獣《けもの》は傷《きず》ついたとき、自分の巣穴《すあな》にこもり、じっと動かず、傷を癒すであろう。おそらくは、それと同じようなことをひとにさせる」

「獣が傷を癒すのと同じような」

「ああ、わしらはそのように考えておる」

シンも口をひらいた。マボウが銀樹の薬を与《あた》えることに決めたときには、自分も伝えなければならないと、考えに考え、こころに決めていた。

「わたしは銀樹の薬を飲んだことがあります。殴《なぐ》られ、蹴《け》られ、ひどいありさまになったとき、マボウさまが飲ませてくださいました。おそらく、あのとき飲んでいなかったら、いまこうして生きてはいないでしょう。ただ、ひとつ、お伝えしなければならないことがあります。銀樹の薬によって、からだの傷は癒されましたが、わたしがあじわった恐怖《きょうふ》と憎《にく》しみは、わたしのなかに残りました。消えてはいませんでした」

マボウがはっとシンを見たが、シンは続けた。

「いまはもうだいじょうぶです。わたしから、恐怖《きょうふ》や憎《にく》しみを取り除《のぞ》いてくれたのは、ここでの暮《く》らしです。マボウさまとの暮らしです。それは確《たし》かです。わたしには、わかります。では、銀樹《ぎんじゅ》の薬はこころを癒《いや》すことができないのか？　考えてみましたが、わたしにはわかりません。ただ、もし、そのために銀樹の薬を用いるのであれば、すこしずつ与《あた》え続けてみるのがよいかもしれません。これはわたしの勘《かん》です」

捨吉が思案するようにあごに手をあてた。

「それがよいかもしれませんな。白湯《さゆ》にわずかに加え、毎夜、おだししてみましょう。あとはようすを見て」

そこまでいうと、がばと頭を下げた。

「マボウさま、お願いです。銀樹がどのような木か、どうかこの目に見させてください」

「そういうであろうと思っていた。だが、そのためには、あなたにも、わしらと同じことをしてもらわねばならん。はたして、あなたにできるだろうか」

「どのようなことでしょう」

「銀樹のありかを、胸《むね》に秘《ひ》めていただきたい。わしらはあの木を守らねばならんと考えておる。だから、里の者たちにもありかを知らせてはいない。知っているのは、薬《くす》師《し》たちだけじゃ」

マボウはじっと捨吉を見た。

「わかりました。けっして口外はいたしません」

「ふむ。よかろう。では行くとしようか。シン、おまえはここに残っておくれ。薬を求めて里の者たちが来るかもしれんからな。頼《たの》んだぞ」

「はい」

その日、夕餉《ゆうげ》が終わってからも、捨吉の顔には驚《おどろ》きが残っていた。

「マボウさま、あれはまだ幼《おさな》い木なのでしょうか」

「幼くはない。ひょっとすると、わしよりも老いているかもしれぬ。だが、あのように小さい。だから、わしらが銀樹の薬を用いるのは、どうしても必要なときだけじゃ。そのことを、よくよくこころに留《と》めていただきたい」

「はい。わたくしも薬師のひとり。わかっております」

翌日《よくじつ》、シンが捨吉を海渡まで送っていった。

「じつは道がよくわからなくてな。方角はわかっているのだが、内心、帰れるかどうか不安に思っていた」

捨吉は照れ臭《くさ》そうに頭をかき、道々いろいろなことを教えてくれた。

「わたしはほうぼうを旅したが、そのおかげで、海渡の都はなかなかのものだとわかったぞ。むろん、もっと大きな都はいくつもあったが、さして引けはとっておらん。なぜ、海渡が栄えているかわかるか」

「いいえ」

「港だ。海渡にはよい港があり、異国《いこく》から船が来る。異国の船は珍《めずら》しいものを載《の》せてくる。ガラスという輝《かがや》く器《うつわ》、アザラシという海の生きものの毛皮、ゾウという獣《けもの》の牙《きば》もだ。ゾウの牙はどれほどの大きさだと思う？」

牙と聞いてシンが思い浮《う》かべるのは、オオカミの牙だった。

「このくらいでしょうか」

手で大きさをつくった。

「そんなもんじゃない。大男の腕《うで》の長さほどもあるという。牙がそれだけあるということは、からだはどれほど大きいのであろう。そんな生きものが異国にいると思えば、行ってみたいと思わんか」

ほんとうに、そんな生きものがいるのだろうか。

いるならば、シンも見てみたかった。

「捨吉さんは、それらをご覧《らん》になったのですか」

「文箱《ふばこ》ならあるぞ。白眉《はくび》さま、海渡の薬師《くすし》の長《おさ》さまが、お持ちでな。細工がそれは見事で、草のような文様におおわれているのだが、それらが青くゆらゆらと輝く。ゆらめく文様が、なにからできていると思う？」

シンには、まったく想像《そうぞう》がつかなかった。

「異国の海の底に眠《ねむ》る貝からつくられているという」

異国の海の底には、ゆらめく光を放つ貝があるというのか。

「海渡の都がここまで栄えるようになったのは、すべてお館さまのおちからといっていい。あのおかたは優《すぐ》れたおかただ。恐《おそ》ろしいおかたでもあるがな」

恐ろしいおかた……。シンの胸《むね》には不安がひとつ、小石のように沈《しず》んでいった。

九章　よい知らせ

ふたたび捨吉《すてきち》が朽葉《くちば》の里にやってきたのは、マボウもシンも冬支度《ふゆじたく》の仕上げに忙《いそが》しくしていたときだ。晴れ晴れとした顔で首尾《しゅび》がわかった。

「銀樹《ぎんじゅ》の薬のおかげで、母御《ははご》の重い気鬱《きうつ》がすっかり消えました。やさしいお顔立ちになられて。いいえ、それだけではありません。おことばも、おふるまいも、すべてが変わられました。あのおかたの真の姿《すがた》はこうであったのかと、驚《おどろ》くばかりです」

「そうか、それはよかった」

マボウの声も明るく穏《おだ》やかだった。

「これはわが海渡《かいと》の薬師《くすし》の長《おさ》・白眉《はくび》さまからの、お礼の品でございます」

差し出された壺《つぼ》に入っていたのは、まっさらな塩だった。

シンが教えたのだ。自分たちが海渡の市で藻塩《もじお》を手に入れていることを。

「この塩はひじょうに高価《こうか》なものであろう」

マボウが問う。

「確《たし》かに高価ではありますが、銀樹の薬に比《くら》べれば取るに足りません。必要なときはいつでもおっしゃってください。ご用意いたします」

「ありがたい。じゃが、わしらには藻塩でじゅうぶんじゃ。この塩は特別なときに、たいせつに使わせてもらおう。白眉さまに、よろしくお伝えくだされ」

「マボウさま、じつは白眉さまが、ぜひお会いしてお話がしたいと。春になったら、海渡へお越《こ》しいただくわけにはいきませんか。わが薬師の館には広い薬草苑《やくそうえん》があり、花が咲《さ》けばなかなかにうつくしく、海を渡《わた》ってきた珍《めずら》しい果樹や草花もございます」

「ほう、そのような珍しいものが。訪《たず》ねてゆきたいが、わしはちと足が弱くなってしもうてな」

「では、どなたか」

「シン、おまえは訪ねてみたいか」

シンはこくりとうなずいた。

海の向こうから渡《わた》ってきたものを見てみたかった。ガラスという輝《かがや》く器《うつわ》、アザラシという海の生きものの毛皮、ゾウという獣《けもの》の牙《きば》。異国《いこく》の海の底に眠《ねむ》る貝からつくられた、青くゆらめく文様がほどこされた文箱《ふばこ》もあるといっていた。それだけではない。薬草苑には、海を渡ってきた珍《めずら》しい果樹《かじゅ》や草花もあるという。それらのものを自分の目で見たかった。

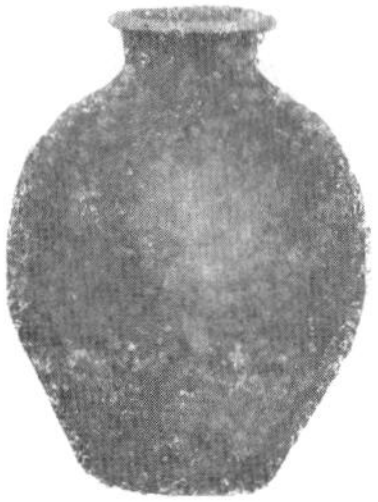

十章　海渡《かいと》の薬草苑《やくそうえん》

朽葉《くちば》の里の春は、ぽたり、ぽたりと滴《したた》る水の音で始まる。

晴れた日には、そのぽたり、ぽたりが、軒先《のきさき》からだけでなく、山のあちこちから聞こえる。葉っぱの先からも、枝《えだ》の先からも。上の葉から落ちたぽたりが、下の葉をぱたたと打つこともある。

やがて雪がとけてくちゃっとなった地面から、若緑《わかみどり》が姿《すがた》をあらわす。フキノトウだ。食べてもうまいが、切り傷《きず》にも喉《のど》の痛《いた》みにも使えるいい薬草でもあった。

イジュとシン、そしてキナの三人が、山菜を入れた籠《かご》を背《せ》に負い、杖《つえ》を片手《かたて》に海渡へと向かったのは、山がブナの明るい緑におおわれたころだ。薬草苑を訪《たず》ねることを望んだのはシンとキナだけで、イジュはふたりのために付き添《そ》うことにしたのだった。

海渡を見渡《みわた》せる峠《とうげ》に出たとき、キナはため息をつくようにいった。

「ああ、なんて広いの」

山の裾野《すその》から大きな川がゆったりと流れ、田畑が一面に広がっている。田畑のその向こうには都が見えた。そしてその先には……。

「空の青の下に、もうひとつの青が見える。あれが海？」

「そう、海」

シンが答えた。

「あれが海なのね」

キナにも、海渡の薬草苑《やくそうえん》には海を渡ってきた草木があることを伝えていた。海がどのようなものかも、シンが知る限《かぎ》り、伝えた。

「あの海の先に異国《いこく》があるのね」

「うん。捨吉《すてきち》さんがそういっていた」

「いったい、どんなところかしら」

「異国の海の底には、ゆらめく光をもつ貝がある」

シンは捨吉が教えてくれたことを伝えた。

「ゆらめく光をもつ貝」

キナがうっとりとつぶやく。

夕刻《ゆうこく》、洞窟《どうくつ》に着くと、キナはいつものキナになった。

「鍋《なべ》や桶《おけ》、火打石もある。これなら煮炊《にた》きにこまらないわけね。父さんとシンは水と薪《たきぎ》をお願い。あ、火種にする松葉も忘《わす》れないで」

てきぱきと指図するのは少女のころから変わらない。

三人は焚火《たきび》を起こし、持ってきた雑穀《ざっこく》で雑炊《ぞうすい》をつくり、干《ほ》し肉をかじって夕餉《ゆうげ》にした。


翌朝《よくあさ》、海渡へ入ると、キナの足はたびたび止まった。

「あれは、いったい」

「牛」

シンが答えた。牛が田を耕《たがや》していた。

「あんなに大きな獣《けもの》がどうして」

「牛はおとなしいんだ」

そういわれても納得《なっとく》がいかないのか、キナの口はあいたままになった。

都へ入ると、しだいにひとの行き来が多くなり、しぜんに三人の口数は少なくなった。

市の手前まで来たときだ。

シンの耳に笛の音が届《とど》いた。

不意打ちだった。

行き交《か》うひとびとのあいだに姿《すがた》が見える。

客はまばらで、そのせいで頭《かしら》の顔も、兄さんたちの顔もわかる。姐《ねえ》さんの姿は見えなかったが、あの笛の音は間違《まちが》いない、姐さんだ。

「あれは？」

キナがシンの視線《しせん》の先をたずねた。

「旅の一座《いちざ》」

「旅の一座？」

「芝居《しばい》を見せて銭《ぜに》をとる」

キナの目は一座に吸《す》い寄《よ》せられていた。

ふたりの声がイジュにも聞こえたのだろう。イジュも目をやった。

「あたしたちも見ることができるの」

キナが父に問う。

背中《せなか》に負っている山菜のいくらかを銭に換《か》えれば見られる。シンは胸《むね》のうちで答えた。だが、見たいとは思わない。自分の顔がこわばっているのがわかる。イジュはなんというだろう。

「今日は忙《いそが》しい。芝居は次の機会にしよう」

シンに目配せをし、キナを急《せ》かせた。

いつもの店に入ると、主《あるじ》の声が弾《はず》んだ。

「おやおや、今年は別嬪《べっぴん》さんが来なさったか」

キナが笑顔《えがお》を見せると、主の目じりはますます下がり、いつもより多めに藻塩《もじお》に換えてくれたように思われ、イジュとシンは顔を見合わせた。

ところで、とイジュが主にたずねた。

「薬師《くすし》の館を訪《たず》ねたいのだが、どこにあるかご存《ぞん》じか」

「ええ、もちろん」

主《あるじ》は通りにでて教えてくれた。

「ほら、あの大きなのが海渡の館です。あの館を目指して歩けばいい。薬師《くすし》の館はその隣《となり》にあって、黒塀《くろべい》に囲《かこ》まれていますから、すぐにわかります。でもなぜそんなところへ？　あそこは薬師さま以外、だれも入れないよ」

「ほう、そうであったか。薬草苑《やくそうえん》が見事だと聞いたのだが」

「そうかもしれませんが、行ったって、木々の梢《こずえ》が見えるだけで、長い塀を眺《なが》めにいくようなもんです」

「ほう、そうか」

三人は軽く頭を下げ、教えられたとおり海渡の館を目指して歩いた。

近くで見れば、海渡の館は見上げるほどに大きかった。そして薬師の館も広大だった。黒塀でぐるりと囲まれていて、なるほど、なかのようすを見ることはできない。

捨吉を知っているのはシンだけだったから、シンが門番に話しかけた。

「朽葉《くちば》の里の薬師が訪《たず》ねてきたと、捨吉さんに伝えてほしいのですが」

門番は胡散臭《うさんくさ》そうにシンを見つつも、捨吉さまにだな、と念を押《お》し、館のなかに消えていった。

時をおかず、捨吉が現《あらわ》れた。

「そろそろ来られるころだと思っていた」

「なぜ、おわかりに?」

「うまい山菜が口に入るのはいまごろだから」

いかつい顔が笑う。

シンはイジュとキナを捨吉に引き合わせた。

「よく、お越《こ》しくださいました」

捨吉は深々と頭を下げたあと、キナをまぶしそうに見つめた。

「驚《おどろ》きました。朽葉の里には、おなごの薬師がおられましたか。ここにはまだ、あなたのような薬師はいない」

キナはにこりとしただけだったので、イジュが答えた。

「朽葉の里でも、この子が初めてです」

捨吉はうなずき、杖《つえ》を上がり框《かまち》におくようにいうと、三人を館にあげた。

入口は、変わったつくりだった。帳場のようなものがあり、まるでなにかの商《あきな》いをしているように見えたのだ。しかしいま、そこにはだれもいないし、なにもなかった。

捨吉が先に立ち、案内してくれる。

「こちらが薬草や薬樹《やくじゅ》を保管《ほかん》している棚《たな》。といっても、ここにはよく用いるものしか置いていませんが」

捨吉はそういったが、棚がずらりとならび、さまざまな葉や根、樹皮などが整然と積み上げられているのがわかる。いったいどれほどの種類があるのだろう。百は軽くある。

「ここから先は薬師《くすし》たちの寝所《しんじょ》です」

「寝所？　ということは、薬師たちは、ここで寝起《ねお》きをしておられるのか」

イジュがたずねた。

「はい。薬師の館には毒《どく》となる薬もあれば、貴重《きちょう》な薬もございます。そのようなものが万が一にも外に出ないよう、みな、ここで暮《く》らしております。妻帯《さいたい》する者もおりますが、そうなれば、この館から出ていかなければなりません」

「出ていった者たちは、どうなるのであろう」

「町で薬師として生きていきます。薬草苑《やくそうえん》で育てている薬草や薬樹は、銭《ぜに》と引き換《か》えに分けております」

先ほどの棚と帳場のようなものは、そのためのものか。

「薬師の館は、もともとは海渡の館で暮らすかたがたのためにつくられました。それがしだいに大きくなり、薬草苑も広大になり、いまでは、ここで育てている薬草や薬樹は、町の薬師をとおして、町のひとびとへもゆきわたるようになっています。そればかりか、貴重なものは他の都へも運ばれていきます」

「他の都へ？」

「薬は交易《こうえき》のだいじな品です」

思いもかけないことばだった。

そんな話をするうちにも、館の薬師《くすし》たちとすれちがうことがあり、そのたびに三人は、咎《とが》めるようなまなざしを向けられた。捨吉が、白眉《はくび》さまの招《まね》きを受けていることを伝えると、そのまなざしは感嘆《かんたん》と好奇《こうき》に変わったが、話しかけてくる者はいない。

「客人が館のなかに入ることはめったになく、みなどうしてよいかわからずにいるのです」

捨吉が苦笑いする。

シンは口にはださず思った。ここは、なんと閉《と》ざされたところなのだろう。捨吉がほうぼうを旅したというのは、異例《いれい》中の異例に違《ちが》いない。

三人は三方を縁側《えんがわ》に囲《かこ》まれた中庭へと導《みちび》かれた。しかし、その中庭に草木があるわけではなく、草木はその向こうにあった。どうやらここは、薬草苑《やくそうえん》に行くための入口のようなものらしい。三方のどの縁側からも行ける入口のような場所。

「足にあうものをおはきください」

縁側の下に置かれた沓脱石《くつぬぎいし》には、草履《ぞうり》がいくつもあった。

足を入れようとしたそのときだ。

「朽葉《くちば》の里から来た者たちは、おまえたちか」

廊下《ろうか》の板を踏《ふ》み鳴らして近づいてきた者がいる。歳《とし》のころは、キナより二つ、三つ上だろうか。端正《たんせい》な顔立ちのなかに不遜《ふそん》さが見える。

三人がうなずくと、若者《わかもの》は意外にもうれしそうな顔になった。

「おまえたちに、こころから礼をいう」

捨吉があいだに入った。

「この者は薬師《くすし》のひとりで、名を清羅《せいら》と申します。じつは」

「ただの清羅でよい。この三人に薬草苑を見せようというのだな」

いうが早いか、自分も草履をはいた。

薬草苑のなかへと足を踏み入れた朽葉の三人は息を飲んだ。縦横《じゅうおう》に小道がつくられ、小道にそって草木が整然と植えられていた。

「どうぞ、こちらへ」

歩くほどに広さが伝わってくる。驚《おどろ》いたのは草木の数や種類だけではない。どれもきれいなのだ。病葉《わくらば》ひとつない。理由をたずねれば、

「ここの世話をするのも薬師の務《つと》めですから」

と捨吉は答え、あたりを見渡《みわた》す。

「あのあたりの木々が、ちょうど見ごろです」

三人を導いた。

確《たし》かにうつくしかった。目の高さから頭上まで、大振《おおぶ》りの花が咲《さ》き誇《ほこ》っている。そして木々の根方には、背丈《せたけ》の低い木が植えられ、流れるような細い枝《えだ》に可憐《かれん》な花をぎっしりとのせている。こんな木々が作業場を囲《かこ》んでいればどんなにかいいだろうと、夢《ゆめ》

見心地《みごこち》になる。

「ここには、いったいどれほどの種類があるのだろう」

イジュがたずねた。

「草をふくめ、ざっと五百です」

捨吉が答える。

「すべてが薬草や薬樹《やくじゅ》なのでしょうか」

シンがたずねた。

「ここをどこだと思ってる？　薬草苑《やくそうえん》だ」

そういって、くすりと笑ったのは清羅だ。

五百……。朽葉《くちば》の里よりも、はるかに多い。しかも、それらがひとつところにあるということが、シンには信じられなかった。朽葉の里ならば、草木はいろんな場所にあった。日当たりのよい場所、薄暗《うすぐら》い場所。湿《しめ》った場所、乾《かわ》いた場所。それぞれが自分の好む場所にいた。確《たし》かにここも、ヨシズなどで陰《かげ》をつくり、工夫《くふう》をこらしてはいるが、それにしてもすごい。できることならば、ここにある草木をぜんぶ見たい。

「異国《いこく》からきた草木とは、どれでしょう」

キナがたずねた。

「こちらへ」

捨吉が導《みちび》く。

「これがそのひとつです」

枝《えだ》についたかわいらしい白い花からは、爽《さわ》やかなあまい香《かお》りがした。梅に似《に》ているが、梅ではない。

「これは？」

シンがたずねた。

「サンザシといいます。花が終われば赤い実をつけ、その実を干《ほ》して用いるのですが、腹《はら》具合のわるさにいろいろと効《き》きます。食あたりにも、酒を飲み過《す》ぎた朝にも。そうだ、珍《めずら》しいといえばこちらも」

捨吉はさらに奥《おく》へと招《まね》いた。

「異国《いこく》からではありませんが、遠くの都から船で運ばせたものです。ナツメといい、実はほんのりとあまく、軽い気鬱《きうつ》であれば癒《いや》してくれますから、これからはこれを用いるつもりです」

蕾《つぼみ》はふくらんでいたが、咲《さ》くのはまだこれからのようだ。その蕾をキナが見つめている。

「なにか気になることでも」

捨吉が問うと、キナは口ごもりながらも答えた。

「どんな花が咲き、どんな実をつけるのかと。ほんのりとあまい実なのでしょう。その実が気鬱をやわらげてくれるのでしょう。気鬱には話を聞いてあげるのがいちばんとわかってはいます。でも、おなごには、からだの不調からくる気鬱もあります。病というほどのものではないにしても、この実を食べて、それが軽くなるのであればどんなに楽かと」

「ならば来るがいい」

清羅がキナの目をとらえ、歩きだした。

木々のあいだに見えてきたのは作業場だった。朽葉《くちば》の里のそれとは比《くら》べようもなく大きいのだが、天井《てんじょう》や軒《のき》から薬草がぶらさがり、干《ほ》されているさまは、見慣《みな》れたものだった。しかし、見慣れないものもある。小さな器《うつわ》がならんでいたのだ。

三人はのぞきこんだ。

そこには、生まれたばかりの木の姿《すがた》があった。それらは小さな草よりなお小さく、かわいらしい。目を凝《こ》らしさえすれば、山のなかでよく見かける姿だ。

「木を育てているの？」

キナが清羅にたずねた。

「そのとおり。これはサンザシ。さっき見た異国《いこく》からきたもの。いずれ貴重《きちょう》な交易《こうえき》の品になる」

見たばかりの白く小さな花を、シンは頭に浮《う》かべた。あまく爽《さわ》やかな香《かお》りは好まれるに違《ちが》いない。異国からきたものとなれば、なおさらだ。しかもその実は、腹《はら》具合のわるさをよくしてくれるというのだから、交易の品になるというのもわかるような気がする。

「あんたが欲《ほ》しがっていたのはこっち」

清羅はキナを、別の一角へと導《みちび》いた。

同じように器《うつわ》がならんでいるが、こちらの器はずいぶんと大きく、木の姿も生まれたばかりのものではない。

「これなんか、よさそうじゃないか。ちょうど背中《せなか》の籠《かご》に入る。持って帰ればいい」

「せっかくここまで大きくしたものをいただくわけにはいかない。ここで、なにがおこなわれているかはわかりました。種をひとつください。そうすれば、あたしも育てることができます」

「おなごにしては、頭のまわりがいいじゃないか」

自分をにらんだキナを見て、清羅はくすりと笑い、その笑いを引っこめた。

「だが、違《ちが》う。これは種から育てたんじゃない。枝《えだ》を土に挿《さ》しただけだ。強い木ならば、枝から根が生える」

枝から根が生える？

そんなことがあるのだろうか。

シンはイジュを見た。目を見てわかった。イジュにもわからないのだ。

背後《はいご》から声がした。

「朽葉《くちば》の里からおいでになったのは、あなたがたか」

振《ふ》り向けば、すらりと背の高い老人と、従者《じゅうしゃ》と思われる者がいる。

捨吉が進みでた。

「白眉さま、のちほど、お部屋にお連れするつもりでございました」

「よいよい。知らせてくれる者がおったのでな」

白眉は三人を見た。

「まずは礼を申さねばならぬ。わたしは海渡の薬師《くすし》の長《おさ》を務《つと》める白眉と申す。銀樹《ぎんじゅ》の薬をお分けくださり、こころから礼を申し上げる。銀色の木がこの世にあると聞き、驚《おどろ》きました。その癒《いや》しのちからにも」

白眉のまなざしはイジュに向けられた。

「銀樹は一本しかないというのは、まことであろうか」

「まことです」

「ふしぎよのう。一本しかないというのは」

探《さぐ》るようなまなざしになる。

「花は咲《さ》くのであろう？」

「咲きません」

「咲かぬ？」

「われらも銀樹がどのような花を咲かせるのか、見るのを楽しみにしていました。しかし、花は咲きません」

「では、種は？」

「できません。銀樹はふつうの木とは違《ちが》います」

「どこが、どのように？」

「なにもかも」

白眉はふっと笑った。

「この薬草苑《やくそうえん》にあるもので、欲《ほ》しいものがあれば、なんなりと捨吉に申しつけられよ。お分けいたしましょう。よいな、捨吉」

「はい」

「清羅、おまえはそろそろ館に戻《もど》ったほうがよかろう」

清羅は皮肉な笑《え》みを浮《う》かべた。

「ここにはいるな、ということですね」

白眉はゆったりとした仕草で踵《きびす》を返すと、清羅と従者《じゅうしゃ》をともなって去ってゆき、朽《くち》葉《ば》の里の三人は呆然《ぼうぜん》とその後ろ姿《すがた》を見送った。

捨吉がさらに案内しようとするのを断《ことわ》り、三人は薬草苑を辞することにした。白眉のことばは、薬師としてはなんのふしぎもなかった。それでも、ことばの端《はし》に有無《うむ》をいわせぬ強引なものを感じ、長居《ながい》をする気にはなれなくなったのだ。薬草苑《やくそうえん》のなかのすべての草木を見たいと願ったシンでさえ、同じだった。

「どうかこれだけはお持ちください。数年もたてば、多くの実をつけます。軽い気鬱《きうつ》ならば癒《いや》してくれます」

捨吉が懇願《こんがん》した。

「そうだな。これだけは、ありがたくいただくとしよう」

イジュが自分の背負《せお》い籠《かご》に入れた。キナが拒《こば》んだからだ。

シンの胸《むね》はざわついていた。このざわつきは、いったいなんなのだろう。胸の底に沈《しず》んでいた小石がなにかを伝えるようだった。

十一章　わざわい

薬草苑《やくそうえん》を訪《たず》ねてから三月とたたない夏の暑い盛《さか》りだった。

捨吉《すてきち》がマボウのまえに、ひれ伏《ふ》した。

「銀樹《ぎんじゅ》をどうか、どうか、海渡《かいと》にお譲《ゆず》りください。お許《ゆる》しください。どうしても、そうしていただかねばならなくなったのです」

暑い日であったのに、捨吉の顔は蒼白《そうはく》だった。

「なぜだね」

マボウがうながした。

「銀樹のちからが、お館さまのお耳に入ってしまいました。重い気鬱《きうつ》を除《のぞ》くだけでなく、病を癒《いや》す強いちからをもっていることが。なんとしてもその木を手に入れよと」

シンは耳を疑《うたが》った。どこをどうすれば、そんなことばがでてくるのだ。

「断《ことわ》れば？」

マボウがたずねる。

「この里にわざわいが起こります。お館さまは手に入れようと思ったものは、かならず手に入れます」

「そんなことはできない。銀樹《ぎんじゅ》がどこにあるか、海渡の者はだれも知らない。捨吉さん、あなたを除《のぞ》いては。あなたさえ話さなければ、銀樹を手に入れることはできない」

シンの声は自分でもぞっとするほど冷ややかだった。

「わたくしひとりですむことならば、覚悟《かくご》はできております。しかし、それではすみません。お館さまは、どのような手も用いるおかたです。この里を焼き討《う》ちになさることも、ためらわずにおこないます」

「……馬鹿《ばか》な」

「お館さまがお決めになったことは絶対《ぜったい》なのです」

シンの頭に、旅の一座《いちざ》の頭《かしら》の顔が浮《う》かんだ。なにもかも自分の思いどおりにする。思いどおりにならなければ、思いどおりになるまでいたぶるだけ。そういうやつらが、この世にはいる。怒《いか》りがふつふつとわいた。

「あんたたちを助けるんじゃなかった」

「お許《ゆる》しください。これだけは、お誓《ちか》いします。銀樹はたいせつに育てます。それだけは、お誓いします」

捨吉はからだを丸めて額《ひたい》を地面にこすりつけた。

「わしらはいったい、どこで間違《まちが》えたのであろう、のう、捨吉さん」

マボウの声は捨吉に問うているのか、自分に問うているのかわからなかった。

「すこし待ってもらえぬかな。みなの考えも聞かねばならんのでな」

「わかりました。なんとか時をかせぎましょう。しかし、それほど長くは」

答える捨吉の顔はひどくやつれていた。


銀樹を海渡に渡《わた》したのは、それからひと月もたたないうちだった。それいじょう長引かせれば、なにが起こるかわからなかった。

朽葉《くちば》の里の薬師《くすし》たちが出した条件《じょうけん》はふたつ。ひとつは、銀樹の樹皮を朽葉の里のためにわずかにはぎとること。もうひとつは、里のひとびとに気づかれぬように密《ひそ》かに銀樹《ぎんじゅ》を運び出すこと。諍《いさか》いが起これば、よいことはなにひとつないように思われたからだ。

海渡に渡《わた》すまえに、シンはひとりで銀樹のもとへ行き、幹《みき》にふれた。指先から温かいものが流れ込《こ》んでくる。それが耳の奥《おく》へと伝わり、耳の奥をじんわり温める。こんなときでも、この温かさをくれるのか。銀樹よ、かならず会いにいく。そしていつか、きっといつか、ここに連れ戻《もど》す。

銀樹を掘《ほ》り起こしたのは朽葉《くちば》の里の薬師《くすし》たちで、筵《むしろ》にくるんで捨吉に渡《わた》した。そして銀樹は、槍《やり》や刀を持った眼光《がんこう》の鋭《するど》い者たちによって密《ひそ》かに海渡へと運ばれていった。

「根が深く張《は》っていなくてよかった」

キナは泣き、シンの胸《むね》は悔《くや》しさと怒《いか》りでおかしくなりそうだった。

十二章　銀樹《ぎんじゅ》の銀

いまごろ銀樹は、どうしているだろう。

あの広い薬草苑《やくそうえん》のどこに植えられただろう。

シンの頭から銀樹のことが離れることはなかった。

秋の山菜が姿《すがた》を現《あらわ》すと、シンは海渡《かいと》に行くことにした。

イジュにも声をかけたが、

「わしはやめておく」

藻塩《もじお》が足りているうちは行く気になれぬと断《ことわ》られた。

海渡に向かいながら、ひとりでよかったとシンは思う。銀樹のようすを確《たし》かめ、みなを安心させることができるようであれば伝えればいい。

薬師《くすし》の館には、門番がふえていた。シンは見覚えのある顔に声をかけ、捨吉《すてきち》を呼《よ》び出してほしいと頼《たの》んだ。

待たされた。

門前払《もんぜんばら》いをくらわせるつもりだろうか。

そう思えば、憎《にく》らしさがましてくる。

ようやく捨吉が現《あらわ》れたとき、シンは怒《いか》るよりもほっとした。

「すまぬ。お待たせした。おひとりか」

「はい」

「銀樹《ぎんじゅ》を確《たし》かめにこられたのであろう。さ、上がられよ」

捨吉のようすに、捨吉を疑《うたが》ったことを恥《は》じたが、シンは同じように笑《え》みなど浮《う》かべられなかった。

館のなかが、ざわついているように思えた。大声が聞こえるわけではない。むしろ、まえに来たときよりも、ひっそりとしている。にもかかわらず、このざわつきはなんだろう。

「銀樹はあそこに」

薬草苑《やくそうえん》へと続く中庭のような場所、三方を縁側《えんがわ》に囲《かこ》まれたなかに、銀樹が小さくぽつんと見えた。

シンは廊下《ろうか》を走り、裸足《はだし》で中庭に飛び降《お》りた。

捨吉の制止《せいし》する声が聞こえたが、かまってなどいられない。

銀樹が弱っている。

どうした、銀樹？

いったい、どうした？

指先に、とくんと温かいものが伝わってくる。

よかった。

生きているんだな。

「客人だ。心配はいらぬ」

捨吉の声があたりに響《ひび》く。

だれかが草履《ぞうり》の音をたてて、そばに立った。

「いくら朽葉《くちば》の里の薬師《くすし》でも、これはなかろう。見てみろ。みな目を剥《む》いている」

その声に顔をあげれば清羅《せいら》であり、清羅の視線《しせん》の先には、縁側《えんがわ》から自分を見つめる薬師たちの目がいくつもあった。なかには、飛びかかろうとする姿《すがた》もあり、捨吉がなだめていた。

清羅はシンの肩《かた》に手をおいた。

「いまなにをしていた？」

銀樹《ぎんじゅ》との交わりは消えていた。

「銀樹が弱っている」

怒《いか》りをこめて清羅を見た。たいせつに育てるといったではないか。

清羅はいぶかしげな顔をした。

「枯《か》れる気配など、どこにもないがな」

あらためて見てみれば、清羅のいうとおりだった。銀樹の葉は枯れてはいない。しおれてもいない。ではなぜ、弱っていると思ったのだろう。

ようやくわかった。色だ。

「銀樹の銀は、もっと明るかった」

「ほう？　いつも見ているると、目が慣《な》れるからな。銀樹の銀はどんなだったかな」

わざとらしいと思えるほどの軽薄《けいはく》さで清羅が問う。

「やわらかく発光するような銀。白みを帯びた銀」

それがいまは、わずかだが黒みを帯びている。

捨吉もそばにしゃがみ、銀樹を見つめた。

「いわれてみれば」

「山奥《やまおく》からここまで運ばれてきたんだ。多少は弱りもしよう」

そういいつつも、清羅の目は鋭《するど》くなった。

シンは足元の土を口にふくんだ。

清羅が目で問うてくる。

いい土だった。その土に指がすぐに入ったということは……。

「入れ替《か》えたのか」

「当然だろ。これはこの薬草苑《やくそうえん》でもっとも貴重《きちょう》な木だ」

「なぜ、銀樹をここに？」

シンは薬草苑のなかのどこかだと思っていた。

「わからんか」

清羅が縁側《えんがわ》に目をやった。まだ数人がこちらを見ている。

「この場所ほど、ひとの目につくところはない。つまり、こんなことがあっても、すぐにだれかが気づく」

清羅が片頬《かたほほ》で笑った。

シンはもういちど銀樹《ぎんじゅ》にふれてみた。

あの交わりは戻《もど》ってこなかった。

「そんなにこの木が心配なら、いっそおまえも、ここに留《とど》まったらどうだ？　白眉《はくび》さまにかけあってやろうか」

清羅の口調は冗談《じょうだん》とも本気ともとれ、シンのこころは揺《ゆ》れた。でも、自分の一存《いちぞん》で決められることではない。

「銀樹を、これいじょう弱らせるな。また来る」

いえることは、それだけだった。

朽葉《くちば》の里に帰る山中、シンは考え続けた。マボウや薬師《くすし》たちに伝えるべきだろうか。

伝えれば、悲しむだろう。悲しませたくはなかった。けれど、弱っていると感じた自分の感覚は間違《まちが》ってはいない、とシンは思う。あの交わりの感覚を思い起こせば、胸《むね》が締《し》めつけられた。銀樹が自分に助けを求めたように思えてならない。そう思えば、どうにかして助けたかった。


シンはマボウに相談し、薬師たちに、ありのままを伝えた。

みな悲しんだ。

話すべきではなかったか。

「ふしぎなのです。色のほかには変わったところはなにもなかったのです。なぜ弱っていると思ったのか」

あの交わりは話せなかった。マボウにさえ話せなかった。話せば、もっと悲しませる。

「銀樹の、ある部分が、弱っている。そういうことかのう」

マボウがつぶやくようにいった。

「ある部分とは?」

イジュが問う。

「銀の色が変わったのであろう?」

「それは、つまり」

薬師《くすし》たちは顔を見合わせた。

あれか。

まさか。

みなが口にだせないことばを、とうとう、キナが口にした。

「薬効《やっこう》?」

「わからんが、もしかすればな」

「銀樹《ぎんじゅ》から、あの癒《いや》しのちからが失われていると?」

シンは確《たし》かめるようにたずねた。

「わからんがな」

みな押《お》し黙《だま》った。

そうだとすれば、それは悲しむべきことなのだろう。けれどシンの頭は、みょうな方向に動いた。もしも銀樹から薬効が失われれば、銀樹はどうなるだろう。価値《かち》がないと見なされ、打ち捨《す》てられるかもしれない。そうなれば拾える。拾って、あの場所に戻《もど》してやることができる。いっそ、そうなってくれと、こころの底で願った。

シンは日々のしごとに励《はげ》んだ。できるだけ早く海渡に行こう。銀樹を引き取る機会を逸《いっ》してはいけない。それだけを胸《むね》に、薬草や薬樹《やくじゅ》を薬師たちに届《とど》けた。

キナのもとを訪《たず》ねたときだ。

「入って。いまはだれもいないの。あなたと話がしたい」

シンは背《せ》をかがめてキナの家の戸口をくぐった。なかは小ざっぱりとしていて、まだ新しい草ぶきの屋根や壁《かべ》からは、日向《ひなた》の藁《わら》の匂《にお》いがした。

「あれからずっと考えていたの」

思いつめた目をしていた。

「シンは、なぜ銀樹が弱ってしまったのだと思う？」

「あの場所から引き離されたから」

それしか思いつかない。

「ええ、きっとそう。けど、あそこに戻してやることはできない」

待たなければと、シンは胸のなかでつぶやいた。

「でも、あの場所に近づけてあげることはできるわ」

「どうやって」

キナはシンの目をのぞいた。

「ねえ、あなたは、銀樹《ぎんじゅ》をあの薬草苑《やくそうえん》のどこに植えたらいいと思う？」

考えた。銀樹があの場所に植えられているのを見るまでは、薬草苑のなかのどこかに植えられていると思っていた。それはどこだ？　思い浮《う》かばなかった。自分たちは薬草苑のなかをすべて見たわけではない。見ていない場所に、銀樹にふさわしい場所が、はたしてあるのだろうか。あってほしいと思うが、思えなかった。

「わからない」

「あたしもよ。あの薬草苑と朽葉《くちば》の里の山では、あまりに違《ちが》うもの。朽葉の里の山にあるものが、あそこにはない。あそこにあるものは、手入れの行き届《とど》いた薬草と薬樹《やくじゅ》だけ」

キナのいうとおりだった。

「でもきみは、あの場所に近づけてやることができると。どうやって」

「花。あの中庭を小さな草花でうずめるの」

シンは花の名前を口にした。

「ハコベ、カタバミ、キュウリグサ、ウリクサ……」

「そう。銀樹があったあの場所に咲《さ》いていたのは、そういうものたち。どこにでもある、とても小さな花」

シンにも見えた。あの中庭をそんな草花でうずめれば、銀樹はきっと喜ぶ。

「きみはすごいな」

「なにが」

「本気で銀樹のことを考えている」

「あなただってそうでしょ。そうじゃなきゃ、あそこに行かないもの」

「いや。違う。取り戻《もど》すことばかり考えていた」

「あたしには、そうは見えないけど。また行くんでしょ」

「うん。できるだけ早く行く。あの中庭を小さな草花でうずめてくれるよう、頼《たの》んでくる」

「お願い」

キナはシンの手を両手でにぎった。

間《ま》をおかず、シンは海渡に向かった。

気持ちは急《せ》いていて、いつもの店で背中《せなか》の荷を藻塩《もじお》に換《か》えると、走るように薬師《くすし》の館へ向かった。

館のまわりは、ものものしさがましていた。槍《やり》を持った者までいる。こんどこそ、なかに入れないかもしれない。いやな予感がした。

あの門番に取り次ぎを頼《たの》むと、驚《おどろ》いたことに捨吉と清羅がそろって現《あらわ》れ、シンの手をとるようにして招《まね》き入れた。

銀樹《ぎんじゅ》はさらにくすんでいた。

そっと幹《みき》にふれると、かすかに温かいものが流れ込《こ》んでくる。

そのかすかさにシンはどきりとした。

待ってろ、銀樹。すぐに、この庭を小さな花でいっぱいにしてやるからな。それまでのしんぼうだ。

「白眉さまが、あなたに会いたいとおっしゃっている」

捨吉がシンをうながした。

海渡の薬師《くすし》の長《おさ》が、なぜ自分に会おうとするのだろう。わからない。わからないが、この中庭を小さな草花でいっぱいにしてもらうには、白眉に会うのがいい。これいじょうの機会はない。シンは捨吉と清羅に導《みちび》かれて、館の最奥《さいおう》にある白眉の部屋へと向かった。

「銀樹が弱っていると教えてくれたのは、あなただと聞いた」

白眉はゆったりといい、清羅に目配せをした。

清羅がシンの前に、小振《こぶ》りの瓢箪《ひょうたん》をふたつおく。

「あなたのことばが、どうにも気になってな。樹皮と葉を煎《せん》じてみた。香《かお》りを確《たし》かめてみたくはないかね。かまわん、確かめよ」

シンは瓢箪の栓《せん》を抜《ぬ》き、香りをかいだ。胸《むね》のなかがすうっとする香り。わずかにあまい花の香りもする。間違《まちが》いない。銀樹の薬の香りだ。

もうひとつの瓢箪の栓も抜き、香りをかいだ。同じ香りがする。ただふたつを比《くら》べれば、こちらのほうが物足りない。

背筋《せすじ》にひやりとするものが流れた。

「これは、こちらの銀樹の薬を薄《うす》めたものでしょうか」

ひやりとするものをおさえるようにしてたずねた。

「いいや、違《ちが》う。あなたが先にかいだものは、あなたが訪《たず》ねてこられた日に煎《せん》じたもの。あとにかいだものは、数日前に煎じたものだ。もうひとつ、かいでみるかね」

清羅がもうひとつ小振《こぶ》りの瓢箪《ひょうたん》をだし、シンの前においた。

かいでみた。強い森の香《かお》りがした。先にかいだふたつの香りよりはるかに強い香り。

「銀樹《ぎんじゅ》がここにきたときに煎じたものだ」

シンは叫《さけ》んだ。

「三度も樹皮をはいだのですか」

「あわてるな。はいだのは、せいぜい爪《つめ》ほどの大きさだ。樹皮はすでにおおわれている。実際《じっさい》、あなたは気づかなかった」

白眉はゆったりと続けた。

「薬の効《き》き具合も確《たし》かめた。やはり、銀樹のもつ癒《いや》しのちからが落ちてきている」

マボウが口にしたときから覚悟《かくご》はしていたが、こんなふうにつきつけられれば、目の前が暗くなるようだった。

「どうすれば、薬効《やっこう》が持ち直すと思う?」

白眉が探《さぐ》るようにシンを見据《みす》え、シンはその目をとらえて答えた。

「朽葉《くちば》の里にお戻《もど》しください。それがいちばんいい」

「それはできぬな」

「なら、それならいますぐに、あの中庭を、銀樹が植えられている中庭を、小さな草花でうずめてください。ハコベ、カタバミ、キュウリグサ、ウリクサ、トキワハゼ、オオバコ、どこにでもあるそんな草花でいっぱいに。そうすればきっと、銀樹は薬効を取り戻します。わたしは、それを伝えるために、今日、ここに来ました」

「なぜ、そんなことで薬効が戻る？」

白眉の目が細くなる。

「銀樹があった場所がそうだからです」

捨吉が、はっとした。

「確かに。確かに、そのとおりです」

「ならば、そのようにせよ」

「はい、すぐに」

捨吉と清羅がそろって答えた。

シンは、ほっとした。

しかし、館の門口まで見送ってくれた捨吉が、シンの耳に思いもよらぬことばをささやいた。

「もうここへは、来ないほうがよい」

「なぜですか」

捨吉は答えてくれなかった。


シンはすぐに帰ることができず、海渡の都をうろうろとした。なぜ捨吉はあんなことをいったのだろう。なにか、わるいことが起こるような気がする。とんでもなくわるいことが。この不安はなんなんだ。いったいなぜ捨吉は……。いくら考えてもわからなかった。

くそっ。小石を拾って川に投げた。ひとつじゃ足りず、ふたつ、三つ投げた。

「どいつだよう」

堤《つつみ》の下から声がした。

のっそりと登ってきたのは上背《うわぜい》のある男だった。髪《かみ》も着物も乱《みだ》れ、酒に酔《よ》っているのか、足元がおぼつかない。おぼつかないながらも、よろよろとシンに向かってくる。

「ふざけんなよう」

自分が投げた小石が、この男に当たったのだろうか。

「申し訳《わけ》ない。あなたがいるのが、わからなかったものだから」

「わからなかった、じゃ、すまねえんだよう」

殴《なぐ》りかかってくるのを、よけた。

「この、野郎《やろう》、逃《に》げるのかよう」

男はふたたび殴りかかろうとしてよろけ、ごろごろと堤の下へ転がっていった。

男に走り寄《よ》っていった女がシンを見上げ、かばうように男におおいかぶさった。

「許《ゆる》してください。このひと、酔っているだけですから」

男は自分をかばった女をどけると、その頬《ほほ》を張《は》った。

「おめえ、あいつに、色目を使ったなあ」

女に馬乗りになると、なおも頬を張ろうとする。

「やめろ」

シンは駆《か》けおりて男を引きはがすと、腹《はら》に一発入れた。男は女の脇《わき》に崩《くず》れ、女が恐《おそ》れるようにシンを見上げる。

「心配ない。気を失っただけだ」

シンは、ことばを続けることができなかった。目の前にいるのがだれか、わかったから。笛の姐《ねえ》さんだ。髪《かみ》も着物も、こんなに薄汚《うすよご》れて。でも、笛の姐さんだ。そして男の顔をよく見れば、頭《かしら》だった。あのころは身なりに気をとがらせて、着物の汚れがすこしでも落ちていなければ、シンをいやというほどぶったのに。いまは面影《おもかげ》もない。

「もしかして、シンちゃん？」

シンはうなずいた。

キナとイジュと三人で市に来たとき、一座《いちざ》の姿《すがた》を見かけたが、そのあとは銀樹《ぎんじゅ》のことで頭がいっぱいになり、一座のことはシンの意識《いしき》から消えていた。

「こんなに落ちぶれちゃって。どうしようもない」

姐さんが顔を背《そむ》けた。

「兄さんたちは？」

「みんな逃《に》げていったわ。悪くまわりはじめると、どんどん悪くなってね。芝居《しばい》も、なにもかも」

橋のたもとに見覚えのある荷車があった。シンがいたころは荷台に行李《こうり》がたくさん積まれていたのに、いまは一座の幟《のぼり》があるだけだ。

「姐さんも逃げればいいのに」

なんでこんなやつのそばに。

「逃げるって、どこへ」

「朽葉《くちば》の里に来る？　おれ、そこで薬師《くすし》をしてるんだ」

「薬師って、病を治してくれるひとでしょ。シンちゃん、薬師になったの？　偉《えら》くなったわねえ」

姐さんがまぶしそうにシンを見る。

「あのころは、ごめんね。かばってあげられなくて。このひとが怖《こわ》くて、からだがすくんじゃって。あんたを助けてあげられなかった」

「そんなことない。姐さんは助けてくれた」

いつだって助けようとしてくれたのは、笛の姐さんひとりだった。

「おれといっしょに朽葉の里に行こう。ここにいるより、ずっといい」

「ありがとう。ありがたいけれど、それはできない」

「どうして」

「あたしまでいなくなったら、このひと、ひとりになるもの」

「こんなやつ、どうなったっていいじゃないか。こいつがこうなったのは自業自得《じごうじとく》だろ。そうだろ。いまだって、姐《ねえ》さんをぶったじゃないか」

姐さんの顔がみょうにゆがんだ。

「でもね、シンちゃん。あたしは嫌《きら》いじゃないんだよ。このひとが」

シンには理解《りかい》できなかった。

「どうやって食っていくんだよ。これじゃあ、芝居《しばい》だってできないだろ」

昼間から酔《よ》いつぶれているようなやつを抱《かか》えて、どうやって生きていくんだ。

「これがあるもの」

姐さんは、たもとから笛をだした。

「頼《たの》まれて吹《ふ》けば、すこしは銭《ぜに》になるの」

こんな姿《すがた》になってまで、頭《かしら》といっしょにいるつもりなのか。

どんなにシンがことばを尽《つ》くしても、笛の姐さんは頭から離れようとはしなかった。

荷車のある橋のたもとに目をやった。ヨシズが立てられていて、なかのようすは見えない。

「あそこで暮《く》らしているの？」

「ええ」

「すぐに戻《もど》る」

シンは市へと走った。

いつもの店に行くと、主《あるじ》に、朝交換《こうかん》したばかりの藻塩《もじお》の半分を銭と交換したいと頼んだ。

「割《わり》はわるくなるよ。それでもいいのかい」

「かまわない」

シンはその銭で団子《だんご》を買い、ほかにもなにかをと思ったが、その考えを捨《す》て、堤《つつみ》の下に戻った。

頭はごろりとなったままで、そばに姐さんが、ぼんやりすわっている。

シンはその手に団子の包みと銭をのせた。

「どうしたの、これ？」

「銭のつかいかたは姐さんのほうがうまいと思って、団子しか買わなかった」

「こんなことをしたら、あんたがこまるんじゃないの」

「だいじょうぶ。こまらない。ほんとうさ」

「ほんとうに、ほんとうに、こまらないの？」

「ああ」

「ありがとう、シンちゃん。これで、しばらく生きていける。恩《おん》に着るよ」

姐《ねえ》さんは汚《よご》れた袖《そで》で涙《なみだ》をぬぐうと、河原《かわら》にある赤っぽい石をどけ、そこに銭《ぜに》を隠《かく》した。

「こうして見つからないようにしないと、あのひとが酒につかっちまうから」

泣き笑いになる。

シンはなにもいえなくなり、また来ると約束して山へと急いだ。

十三章　銀樹《ぎんじゅ》の呼《よ》び声

シンは、キナにだけ薬師《くすし》の館でのことを伝えた。

「やっぱり銀樹の薬効《やっこう》が落ちていた。でも、だいじょうぶ。薬効が落ちることを、海《かい》渡《と》の薬師たちも望んではいない。だからかならず、あの中庭を小さな草花でうずめてくれる」

「ありがとう、シン」

「できるだけ早く、銀樹のようすを確《たし》かめてくる。それまでは、みんなには黙《だま》っていてほしい。悲しませたくないんだ」

「マボウさまにも？」

「うん」

マボウはけっして自分からは銀樹《ぎんじゅ》のことを語らなかった。たずねれば、答えてくれたが。おそらく、銀樹を海渡に渡《わた》すことに決めたとき、マボウは銀樹より里を守ることを選んだのだろう。里に暮《く》らすより、山で暮らすことが好きなマボウにとって、木の声を聞くことを楽しみにするマボウにとって、それは、どれほどつらい選択《せんたく》だっただろう。シンはそのことにようやく気づきはじめていた。

「わかった。黙《だま》ってる」

ふたりの胸《むね》から不安が消えたわけではなかったし、シンは捨吉《すてきち》のことばも気になっていた。もうここへは来ないほうがいい。あれはいったい、どういう意味なのだろう。すぐにでも海渡に行きたかったが、秋は深まっていて、冬支度《ふゆじたく》を急がねばならなかった。里の薬師《くすし》たちのために山でしか手に入らぬ薬草や薬樹《やくじゅ》をとっておかねばならない。シンは不安をふり払《はら》うようにして、せっせと手足を動かした。だいじょうぶ、だいじょうぶだ。あの中庭は、小さな草花で埋《う》めつくされている。海渡の薬師の長《おさ》が命じたのだ。かならず果たされる。銀樹は、あの明るい、発光するような銀色を取り戻《もど》している。自分にいい聞かせた。

久《ひさ》しぶりにマボウといっしょに夕餉《ゆうげ》を食べているときだ。

「どうした？　あせった顔をしておるな」

声をかけられ、どきりとした。

「やらねばならないことがありすぎて」

いまはまだ伝えることができなかった。


その夜のことだ。

どうしたというのだろう。

眠《ねむ》ろうとするのに眠れない。

銀樹のことを考えてしまう。

銀樹が自分を呼《よ》んでいるような気がする。

呼び続けているような気がする。

何度も寝返《ねがえ》りを打ったシンは、とうとう我慢《がまん》ができなくなり、むくりと起き上がると、戸口の筵《むしろ》をくぐって外に出てみた。空には煌々《こうこう》と月が光っていた。これだけ月の光があれば、だいじょうぶ。歩ける。急げば、明日の昼までに薬師《くすし》の館に着くだろう。銀樹の姿《すがた》を確《たし》かめて、とんぼ返りをすれば、明後日の朝までには戻《もど》れる。そう踏《ふ》んだ。

一日くらいの不在《ふざい》ならば、マボウも心配はしない。薬草や薬樹《やくじゅ》を求めて、山の奥《おく》まで入ったと思うだろう。

シンは急いで草鞋《わらじ》をはいた。山に入るときの習い性《しょう》で背負《せお》い籠《かご》と杖《つえ》も手にとったが、背負い籠はおいた。杖はと考え、杖もおいた。なにもないほうが早く歩ける。いや、走れる。万が一、マボウが訪《たず》ねてきたときのことを考え、背負い籠も杖も家の奥《おく》に隠《かく》した。そのふたつがなければ、間違《まちが》いなく山に入ったと思うはずだ。

シンは走った。葉を落とした木々のあいだから、月の光が地面まで差し込《こ》んでいるのがありがたい。枯葉《かれは》を踏むシンの足音に驚《おどろ》いたのか、ときおり小さな獣《けもの》が草むらにざざっと飛びのく。その音がやけに大きく響《ひび》く。ほかに聞こえるものは梟《ふくろう》の鳴き声と、はあはあという自分の息だけだ。その息があがり、膝《ひざ》に手をつく。急げ、休むな。また走った。走っては歩き、歩いては走った。気持ちが急《せ》く。山はしだいに明るくなり、鳥たちの鳴き声が響き渡《わた》った。銀樹《ぎんじゅ》が自分を呼《よ》んでいる。その思いは確信《かくしん》に変わっていた。

薬師《くすし》の館の前に立ったのは、昼になろうとするころだった。

もののしさは、やわらいだように見えた。槍《やり》をもった者の姿《すがた》はなかったし、門番の数も少なくなっていた。

シンはいつもの門番に捨吉への取り次ぎを頼《たの》んだが、その門番がなかなか戻《もど》ってこなかった。やっと戻ってくると、捨吉はいないと告《つ》げられた。ならば清羅《せいら》をと頼んだが、取り合ってくれない。それどころか、とっとと帰れと、棒《ぼう》を突《つ》きつけられた。

おかしい。

「捨吉さん、清羅さん、シンです。捨吉さん、清羅さん」

館のなかに向かって叫《さけ》んだ。

「ええい、帰らんかっ」

棒をぐいぐい突きつけられたが、なおも捨吉と清羅の名を叫んだ。

おかしい。絶対《ぜったい》におかしい。

「引っ捕《と》らえろっ」

まわりを囲《かこ》まれた。腕《うで》を打たれ、腹《はら》を打たれ、頭を後ろから打たれて、目の前が暗くなった。白眉《はくび》と清羅の姿を見た気がしたが、憶《おぼ》えているのはそこまでだった。

だれかが自分の名を呼《よ》んでいる。呼び続けている。その声を頼《たよ》りに、水面にもがきでるようにした。

「シン、さん、シン」

わっと息をした。この声はだれだ。

「シン、さん、気づ、いたか」

「す、捨吉さん？」

「ああ、そうだ」

暗い明かりのなかに、捨吉の声がある。

目が慣《な》れるにしたがい、シンはことばを失った。捨吉の顔は目鼻がつぶれているのか、腫《は》れているのか、それさえもわからない。ほどけた髪《かみ》がべたりと顔にはりついている。

「どうしたんです」

シンは起き上がろうとしてうめいた。

「だい、じょうぶか」

「ええ」

シンはからだをさすってみた。だいじょうぶ、たいしたことはない。それに比《くら》べ、捨吉のありさまはひどかった。顔だけではない。腕《うで》も足も痛《いた》めつけられたのがわかる。

あたりを見まわした。目の前には、自分たちを閉《と》じ込《こ》めている木組みの格子《こうし》があり、格子の向こうの土壁《つちかべ》に松明《たいまつ》が一本ある。明かりはそれだけで、自分たちのほかには、だれもいなかった。

「ここは、いったい」

「海渡の、館の、地下牢《ちかろう》」

地下牢。いわれてみれば、松明のそばに土の階段《かいだん》のようなものが見え、上へと通じている。

「なぜ、薬師《くすし》の館に地下牢が」

「ちがう。ここは、海渡の、館だ」

海渡の館……。

「申し訳《わけ》、ない」

捨吉は土下座《どげざ》でもするようにからだを動かしたが、そのままぐらりとなり、シンが支《ささ》えた。

「銀樹《ぎんじゅ》を、守る、ことが、できな、かった」

シンはことばの意味をつかみかねた。

「それは、どういう」

捨吉が顔を上げた。腫《は》れあがったまぶたの下からわずかに目がのぞき、その目に涙《なみだ》がにじんでいた。

「お館、さまが、銀樹を、断片《だんぺん》に、せよと、お命じに、なった」

シンは息が苦しくなった。

「銀樹を、断片に？」

「すま、ない」

捨吉がふたたびわびた。

「なぜ、そんな」

たずねないではいられなかった。

「薬効《やっこう》が、これ、いじょう、失われる、まえにと」

捨吉の息が乱《みだ》れている。話すのもつらいのだろう。けれどシンは、たずねつづけた。

「あの中庭を、小さな草花でうずめることはしてくださったのですか」

「した。だが、だめ、だった」

だから、断片に？

意味がわからない。

怒《いか》りが込《こ》み上げてきた。

「馬鹿《ばか》なっ」

「お館、さまは、見抜《みぬ》かれた。銀樹の、断片は、富《とみ》を、もたらすと。これ、までに、ない、莫大《ばくだい》な、富を。とりわけ、異国《いこく》、との、交易《こうえき》で」

シンは頭を大きく横に振《ふ》った。

「ありえないっ。銀樹を、あの場所に戻《もど》せば、きっと、きっと、銀樹はもとの姿《すがた》に戻ったのに。薬効も、きっと、戻ったのに。ありえないっ。なぜ戻してくれなかった。なぜだっ」

「その、必要は、ないと」

捨吉がなにをいっているのか、わからない。

「これ、しか、ない、となれば、幻《まぼろし》の、薬に、なる。幻の、薬に、なれば、値《ね》は、果てしなく、上がる」

シンの胸《むね》はつぶれそうになった。

「すま、ない、守れ、なかった」

捨吉がうめくようにいい、シンはすべてを悟《さと》った。捨吉は銀樹《ぎんじゅ》を守ろうとして、それで、こんな姿《すがた》になったのだ。あらためて見れば、あまりにひどいありさまで、自分ならば、痛《いた》みに耐《た》えきれず、うめいているだろう。

「横になってください。そのほうがいい」

「かま、わんで、くれ」

捨吉はそういったが、あらがうちからは残されていなかったのだろう。シンのなすがままになった。シンは自分の筒袖《つつそで》を引きちぎると、手と歯でびりびりと割《さ》き、捨吉の傷《きず》を巻《ま》いていった。せめて血を止めなければ。片袖《かたそで》では足りず、もう一方も引きちぎった。それでも足りず、捨吉の袖も引きちぎり、傷を巻いた。捨吉のからだは熱かった。まずい。このままにはしておけない。どこかに抜《ぬ》け道はないか。シンは牢《ろう》のなかを探《さぐ》った。しかし、どこもかしこもむきだしの土で、外からの光や風は感じられない。木組みの格子《こうし》には、腰《こし》をかがめて出入りするような、やはり木組みの小さな扉《とびら》があったが、揺《ゆ》すってみてもびくともしなかった。頑丈《がんじょう》な錠《じょう》がかかっている。

格子《こうし》の向こうの土壁《つちかべ》にある、あの松明《たいまつ》で、この木組みを燃《も》やすことができたらと考え、シンは歯がみした。なぜ持ってこなかったのだ。マボウが自分にくれたあの杖《つえ》を、なぜ置いてきてしまったのだ。あれを使えば、松明を引き寄《よ》せられたのに。ほかに、なにかないか。自分たちを助けてくれるものはないか。胴着《どうぎ》をさわった。帯の下に硬《かた》いものがある。小刀だ。しめた。これがあれば。

「捨吉さん、気を強くもってください。ここから出ましょう」

捨吉の顔に、わずかに笑《え》みが浮《う》かんだ。自分を励《はげ》ますためにいったと思ったのだろう。

「これで削《けず》ります」

捨吉の目に小刀が見えるようにした。

「できなくはありません。錠《じょう》の部分だけ削ればいいのですから」

シンは捨吉に顔を寄せてたずねた。

「ここから出たあと、どうやったら外に出られるか、わかりますか」

捨吉が目だけでうなずいた。

「う、上にでたら、左へ。突《つ》き、当たりが、裏口《うらぐち》。閂《かんぬき》が、かかって、いるが、中から、外せる」

「あの階段《かいだん》をあがって左へ。突き当たりの閂を外せばいいのですね」

「お、おそらく、上に、見張《みは》りの、者が、いる」

見張りの者？　どうすればいいのだろう。考えるのはあとだ。シンは木組みの扉《とびら》の一箇所《いっかしょ》に小刀で切れ込《こ》みを入れると、斜《なな》めに削り取っていった。一度に削り取れるのはわずかだが、里の婆《ばば》に研《と》いでもらっている刃《は》の切れ味は申し分ない。やがて刃がすっと向こう側に抜《ぬ》けた。

「上はできました。あとは下だけです」

捨吉に伝えた。

「そう、か」

捨吉の声にわずかに明るさが感じられ、それがシンにはうれしかった。けれど、どうすればいいのだ？　捨吉は歩けないだろう。背負《せお》うしかない。背負ってあの階段をあがり、そのあとだ。見張りの者を、どうすればいい？　どうすれば……。わからない。あせるからなのか、うまく考えることができない。それでもシンは、手だけは動かした。ここから出るよりほかに捨吉を助ける道はない。そしてたぶん、自分が朽葉《くちば》の里に帰る道も。

ひとの声が聞こえた気がした。手を止め、耳を澄《す》ませた。上にいる。ひとりじゃない。ふたりか。もめているように聞こえる。もうひとりの声がした。三人だ。三人いる。やがて声はやんだ。

「あと、どの、くらいだ」

捨吉も声に気づいたのか、身を起こし、にじりよってきた。

「あと少し」

「なら、削《けず》れ、急げ」

その声に弾《はじ》かれたようにシンは削った。

ガタガタと上のほうで扉《とびら》が開く音がする。手がふるえて、うまく削れなくなった。足音が降《お》りてくる。足元を確《たし》かめているのか、ゆっくりと。削れ、削れ、シンは自分にいい聞かせた。削れ。あと少し。

よしっ、刃《は》が向こうに抜《ぬ》ける。

しかしシンは、最後の小刀を入れなかった。入れられなかった。捨吉が、逃《に》げろ、とささやいたのだ。シンには、わかった。捨吉が動かないからだを動かし、なんとかしてシンを逃《にが》そうと考えているのが。シンは木くずを手のひらでかきよせて隠《かく》した。最初に現《あらわ》れたのは見張《みは》りの者だろうか、棒《ぼう》を持っていた。その後ろからふたり、現れた。明かりに照らされてようやくわかった。清羅と、もうひとりは華《はな》やかな着物を着た女のひとだった。

「奥方《おくがた》、さま」

捨吉の口から畏《おそ》れるような声がこぼれた。

奥方さまと呼《よ》ばれた華やかなひとは、捨吉に目をやり、そしてシンを見た。

「あなたが朽葉《くちば》の里の薬師《くすし》ですね」

シンはうなずいた。

「銀樹《ぎんじゅ》の薬のおかげで、わたくしは沼《ぬま》のような苦しみから、やっと逃《のが》れることができました。ありがとう。礼をいいます」

このひとが、あのひとなのか。

奥方さまは、捨吉に目を戻《もど》した。

「なんとかしてあげたいと思いましたが、お館さまは、ご自分に逆《さか》らった者をけっしてお許《ゆる》しにはなりません。わたくしに許されたことは、ただひとつ。この海渡から、あなたを追放することだけです。捨吉よ、二度と戻《もど》ってきてはなりません。シンといいましたね。あなたも、ここに近づいてはなりません。つぎに捕《と》らえられたときは、助けてあげることができないでしょう。さあ、早く出ていきなさい。お館さまの気が変わらぬうちに」

自分たちは助かったのか。

見張《みは》りの者が棒《ぼう》を地面に置き、扉《とびら》の錠《じょう》を開けようとした。が、その手がとまり、清羅を見上げた。

シンは息がとまった。

清羅がかがみ、おや、というようにシンを見る。そして、見張りの者に声をかけた。

「牢《ろう》の扉に不備《ふび》があり、なかにいた者が逃《に》げたとしたら、だれの落ち度になる？」

「そ、それは」

「わたしは見張りの者の落ち度になると思うね。直しておけ。一切、他言無用」

「はっ」

清羅はシンと捨吉を急《せ》かした。

「早くしろ」

「捨吉さんは歩けない」

「なら肩《かた》を貸《か》す」

清羅とシンのふたりが捨吉に肩を貸し、薄暗《うすぐら》い階段《かいだん》をのぼらせ、狭《せま》い通路を抜《ぬ》けて館の裏口《うらぐち》から外へと出た。

夕映《ゆうば》えのなかに、薬草苑《やくそうえん》の塀《へい》が黒々と伸《の》びていた。

「あとのことは任《まか》せましたよ」

「ありがとうございます。伯母上《おばうえ》」

伯母上？

シンの頭は混乱《こんらん》した。


三人は黒塀のなかにある、よく見なければわからない裏木戸《うらきど》から薬草苑のなかに入り、シンと清羅は捨吉を横たえた。ここまで来るのに、残されたちからをすべて使ったのか、捨吉の意識《いしき》は朦朧《もうろう》としている。

清羅がふところから瓢箪《ひょうたん》をだした。

「手伝ってくれ」

シンは捨吉の背《せ》を起こし、飲ませやすいようにした。瓢箪《ひょうたん》の口から、強い森の香《かお》りがする。銀樹《ぎんじゅ》の薬だ。清羅が半開きになった捨吉の口のなかに注ぐ。けれど捨吉は飲み込《こ》むことができないのか、半開きのままだ。

「捨吉、これは白眉さまがくださったんだ。白眉さまは、おまえを見捨《みす》てたわけじゃない。助けたいんだ。だから頼《たの》む、飲んでくれ」

「飲んでください」

シンも捨吉の耳にささやき、あごをあげてやった。それでようやく、ごくりと飲み込《こ》んだ。それを、二度繰《く》り返した。もう少し飲ませたかったが、それが精一杯《せいいっぱい》だった。支《ささ》えていたシンの手に、にわかに重さが増したように感じられ、そっと捨吉を横たえた。はたして助かるだろうか。

「銀樹のことは聞いたか」

シンはほんとうなのかと、目で問い返した。

清羅がうなずき、シンの胸《むね》にふたたび無残な思いがよみがえった。

「おまえが来てくれてよかった」

清羅は帯に挿《さ》している竹筒《たけづつ》をシンによこした。

「水を入れてある。朽葉《くちば》の里までもつはずだ」

竹筒の蓋《ふた》をはずしてなかを見れば、黒くくすんだ小枝《こえだ》が入っている。

「銀樹？」

「そうだ。元の場所に戻《もど》してやってくれ。根を張《は》るかもしれん」

瓢箪《ひょうたん》と、ずしりと重い巾着《きんちゃく》もよこした。

「銀樹の薬は、白眉さまからだ。おまえたちふたりにと。いちばん初めに煎《せん》じたものだから、もっとも薬効《やっこう》が強い。銭《ぜに》は伯母上《おばうえ》から捨吉にと。できるのはここまでだ。伯母上にも、白眉さまにも、わたしにも。朝になれば、ほかの薬師《くすし》たちがこの薬草苑《やくそうえん》に入ってくる。だから、おまえたちがここにいられるのは明け方までだ。どうする？」

シンの答えは決まっていた。

「朽葉の里に帰る。捨吉さんも連れていく」

「捨吉が動けるようになるには、しばらくかかるぞ。どうする？」

シンはひっしで考えた。

「この銭《ぜに》をつかわせてほしい。市のなかに、つきあいの長い店がある。店の主《あるじ》に、捨吉さんをかくまってくれるようかけあってみる」

清羅が強くうなずいた。

シンは裏木戸《うらきど》を抜《ぬ》けると、走った。走れば、からだのあちこちが痛《いた》んだが、かまってなどいられない。

さいわい、店はまだ開いていた。

客がいなくなるのを待って、シンは店のなかに入った。

怪訝《けげん》そうに自分を見る主に話しかけた。

「頼《たの》みがあります。けが人をひとり、泊《と》めていただけないでしょうか。銭ならあります」

主の顔が険《けわ》しくなった。

「あんた、自分がどんな格好《かっこう》をしているか、わかっているのかい。ひどい姿《すがた》だよ。袖《そで》は破《やぶ》れて、ほら、そのあたりに血がついている。悪いが、ほかを当たってくれ。うちは、面倒《めんどう》なことには関わらないことにしているんでね」

「お願いだ。ここしか頼めるところがないんだ。頼む」

主の手をつかんだが、その手をはげしく払《はら》われた。

「とっとと出ていってくれっ。ひとを呼《よ》ぶよ」

もはや取りつく島がなかった。

店を追い出されたシンは頭を抱《かか》えた。

あまかった。どうしたらいい。どうしたら。せめてあの洞窟《どうくつ》までたどりつけたら。そうすれば、捨吉を休ませることができる。手当もできる。だが、そこまでどうやって。なにかないか。なにか。……あっ。

シンは橋のたもとに走った。

堤《つつみ》を駆《か》けおり、荷車とヨシズでふさぐようにしてある奥《おく》へ呼びかけた。

「姐《ねえ》さん、姐さん」

「だれだい」

ヨシズを開けた姐さんの後ろに、鍋《なべ》や釜《かま》がうっすら見えた。こんなところで、ささやかな暮《く》らしをしているのだ。

「頼みがある」

「シンちゃんじゃないか。どうしたの、そんな格好で。喧嘩《けんか》でもしたのかい」

姐さんがでてきてくれる。

「頼《たの》みがあるんだ。荷車を貸《か》してほしい。ほんの数日でいい。銭《ぜに》ならある」

「荷車を？　シンちゃん、ごめんね。それは、あたしにはどうすることもできない。あのひとにきかなきゃ」

「わかった。おれから頭《かしら》に話す。頭を呼《よ》んできて」

シンは腹《はら》をくくった。

ところが、姐《ねえ》さんが動こうとしない。

「急いでるんだ。頭はどこ？」

「酒を飲んで寝《ね》ちまってるよ」

あのなかでと、ヨシズの向こうにあごをしゃくった。

「頼む、起こして」

姐さんは目をぎゅっとつぶった。

「持っておいき」

「でも、頭と話をつけなきゃ」

「あんたが話しても、貸してはくれないさ。ぐだぐだと話を長くして、銭だけ巻《ま》き上げようとする。そんなふうになっちまったんだよ。だから、持っておいき。その代わり、かならず返しておくれよ」

「姐さん、姐さんもいっしょに行こう。おれ、あるひとをこの荷車にのせて、朽葉《くちば》の里へ連れて帰るんだ。だから姐さんも」

だが、姐さんは首を縦《たて》に振《ふ》ってはくれなかった。

「さ、早くして。あのひとが起きないうちに」

荷車を自分でも押《お》す。

「そんな心配そうな顔をしないでおくれ。男どもが何人か来て、持っていったというさ。その代わり、銭はおいていったし、かならず返すといっていたとね」

シンはあわてて巾着《きんちゃく》をほどいた。

「だいじょうぶ。銭ならまだある。あんたが、このまえくれたやつが」

姐さんは受け取ろうとしなかったが、シンはせめてあと少しと、銭をにぎらせた。

「かならず返しにくる」

「それだけは、かならずだよ」

シンは荷車を引いて、薬草苑《やくそうえん》に向かった。姐さんのことを思えば、不安で胸《むね》が締《し》めつけられる。頭が目を覚ましたら、どうなるだろう。姐さんの話で満足するだろうか。

姐さんをぶたないだろうか。

　でもいまは、どうしても、この荷車が必要だった。


「こいつはいい」

荷車を見て喜んだ清羅だったが、店が駄目《だめ》だったと知ると、笑《え》みを消した。

「どうする？」

「このまま朽葉《くちば》の里に行く」

「山は？　越《こ》えられんだろう」

「すこし登ったところに、いつもつかう洞窟《どうくつ》がある。そこまで行けば、なんとでもなる」

「できるのか」

「やる」

　やるしかない。

「それより、筵《むしろ》を貸《か》してほしい」

「ああ」

眠《ねむ》っている捨吉を、ふたりで荷台にのせ、筵をかけた。

「おまえがいないあいだに、できるかぎりの手当はしたが」

清羅の目が捨吉は助からないかもしれないと語っていた。

「だから無理はするな」

シンはその目を見返した。

「捨吉さんは、たったひとりでほうぼうを旅したひとだ。こんなことでくたばるわけがない」

シンはふところに銀樹《ぎんじゅ》の薬が入った瓢箪《ひょうたん》を入れ、帯に銀樹の小枝《こえだ》が入った竹筒《たけづつ》をさした。

清羅がにやりとした。

「ぜんぶ、おまえに教えてやりたくなった。わたしがくすねた銀樹の小枝はふたつだ。ほんとうはふたつとも椿《つばき》に接《つ》ぐつもりだったが、ひとつはおまえにやることにし、ひとつだけ接いだ」

「椿に接いだ?」

「椿の枝を切って、そこに銀樹の小枝を接いだ。それしか思いつかなかったのでね」

「その椿はどこに」

見ておきたかった。ここを去るまえに、残していく銀樹《ぎんじゅ》の小枝《こえだ》を見ておきたい。

「それはできない。その椿《つばき》があるのは、白眉さまのところにある坪庭《つぼにわ》なのでね」

「ということは、白眉さまも知っているのか」

「ああ、もちろん。うまくいけば椿が銀樹を育ててくれる。そうなれば、銀樹の小枝はもっと大きな枝になり、やがて椿の半分が銀樹になるかもしれない。みな、奇跡《きせき》が起きたと思うだろう。咎《とが》は、だれにも降《ふ》りかからない。そのようなことをした者は、だれもいないからな」

シンは清羅が語ったその姿《すがた》を思い浮《う》かべてみた。うまくはできなかったが、椿に接《つ》がれた銀樹の小枝に呼《よ》びかけた。生き延《の》びてくれ。椿よ、銀樹を育てておくれ。

「じゃあな」

明日また会おうとでもいうような清羅の別れのことばだった。

荷車が外に出ると、薬草苑《やくそうえん》の裏木戸《うらきど》に閂《かんぬき》をかける音がした。

シンは急ぎの用があるとでもいうように、前だけを見て荷車を引いた。そのほうが声をかけられずにすむような気がしたからだ。店の主《あるじ》や、笛の姐《ねえ》さんが見咎《みとが》めた自分の姿が気になったが、すでに日は落ちていて、さして目につかないだろう。

店先や家々からこぼれる明かりが川面《かわも》にゆれていた。頭《かしら》はもう起きただろうか。姐さんはどうしているだろう。銭《ぜに》でうまく事を収《おさ》められただろうか。シンには、どうしてもそうは思えなかった。

だめだ。あのままにしてはおけない。

橋のたもとに着くと、堤《つつみ》の暗がりに荷車をとめて駆《か》けおりた。

「姐さん」

「シンちゃん？　どうしたの」

「頭は？」

「まだ眠《ねむ》ってる」

「なにか水を入れるものはある？　竹筒《たけづつ》のような」

「旅にでるときに使うものなら」

「それでいい。それを持ってこっちへ」

シンはふところから瓢箪《ひょうたん》をだし、姐さんがよこした竹筒に銀樹の薬をすこし注いだ。

「ああ、いい香《かお》り」

「これは薬なんだ。椀《わん》にほんのすこし垂《た》らし、水でたっぷり薄《うす》めて、頭《かしら》が起きたら飲ませて。できる?」

「ええ、それは。目を覚ますとすぐに水を欲《ほ》しがるの。だからだいじょうぶ、飲ませることはできる。でも、これはなんの薬?」

「頭のからだ、酒で傷《いた》んでいるだろ? それを癒《いや》してくれる。飲めば、すぐに眠《ねむ》るはず。心配しなくていい。眠っているあいだに、からだが癒されるんだ。だから、頭が目を覚ましたら飲ませて」

「これは、ほんとうに薬なのね」

「ああ。強い癒しのちからをもっている」

眠っているあいだに荷車を返したいが、そうはいかないかもしれない。

「目が覚めたら、腹《はら》がへったというはず。なにか食べさせて。そして、またこれを飲ませて。そうすれば、また眠る。心配しなくていい。からだが癒されるだけだから。酒に傷んだからだが。ほんとうは、ぶったり蹴《け》ったりするあの癖《くせ》を治すことができたらいいんだろうけど、たぶんそれはできない。あれは、あのひとの一部だと思うから」

姉《ねえ》さんはぼんやりと暗い川を見た。

「シンちゃんがいうこと、わかるわ。そうかもしれない。あれはあのひとの一部。でもね、芝居《しばい》をしているときのあのひと、すごいでしょ。いつも、というわけじゃないけれど、すごくいい芝居をするときがあるでしょ。あれも、あのひとの一部よね。そうでしょ」

「うん」

姐さんのいうことは、シンにもわかった。でも、だからどうだというのだろう。立ち上がった。もう行かなければ。

「荷車はかならず返しにくる」

「ええ、かならず」

都のなかを過《す》ぎれば、明かりはなくなる。けれど、月の光が白く道を照らしていた。その道を、シンは荷車を引いてひたすら進んだ。

山の麓《ふもと》まで来ると、木の陰《かげ》に荷車を隠《かく》し、捨吉を背負《せお》った。重かった。眠っているせいだろう。まるで大きな水袋を背負ったように重い。はたして、あの洞窟《どうくつ》まで行けるだろうか。シンは弱気になった自分を叱《しか》った。行くんだ。行くしかないのだ。

けれど、いくらも登らないうちに息があがった。はあ、はあ、はあ。ずり落ちそうになる捨吉を揺《ゆ》すりあげる。はあ、はあ、はあ。足元がふらつき、その足がずるずるとすべる。思えば、ほぼ二日、まともに寝《ね》ていないのだった。こめかみのあたりがずきずきとする。はあ、はあ、はあ。洞窟《どうくつ》はすぐそこなのに、なんて遠い。腹《はら》にちからを入れ、捨吉を揺すりあげる。はあ、はあ、一歩。はあ、はあ、また一歩。はあ、はあ、はあ。頼《たの》む。すこしだけ、休ませてくれ。

捨吉をおろし、鼻に手を近づける。だいじょうぶ、息はある。寝ているだけだ。シンは帯にはさんだ竹筒《たけづつ》をそばに立て、自分も仰向《あおむ》けになった。背中《せなか》から山のなかに吸《す》い込《こ》まれていきそうだ。このまま眠《ねむ》ってしまいたい。

なにかの声が聞こえた。この声は……、オオカミの遠《とお》吠《ぼ》えか。まずい。シンはぎょっとして身を起こした。い

ま眠るわけにはいかない。眠れば、血の匂《にお》いをかぎつけたオオカミたちの餌食《えじき》になる。

竹筒を帯にはさむと、歯を食いしばって、ふたたび捨吉を背負った。一歩、また一歩。登るしかない。一歩、また一歩。オオカミの遠吠えが、さっきよりも聞こえる。その声に急《せ》かされるように、ひっしで登った。なんとしても洞窟まで行かねば。行って、火を焚《た》かねば。

だけど、はあ、はあ、はあ、もう、足が動かない。はあ、はあ、はあ、どうしても、足が動かない。シンは捨吉を背負ったまま、手をついた。立ち上がろうとするのだが、立ち上がることができない。強烈《きょうれつ》な眠りがやってくるのがわかる。その眠りに、もう抗《あらが》えなかった。

シン、シーン

あれはマボウさまの声だ。
マボウに初めて会ったときのことを思い出した。
焚火《たきび》の明かりに映《うつ》しだされた、しわだらけの老人の顔。

シンをのぞきこむようにして、粥《かゆ》を食べるか、といったのだ。
そして山桜《やまざくら》。
熊《くま》の話と木の声の話をしてくれた。
自分はあのときからずっと木の声が聞きたかった。
ああ、銀樹《ぎんじゅ》。
銀樹との交わりを思い出した。
思い出せば、耳の奥《おく》が温かくなる。

シン、シーン

キナの声も聞こえる。
目をくるりとさせると、子どものころの顔になるキナ。
きみには勝てないと、ずっと思ってきた。
そしてそう思うことが、けっしていやではなかった。

シン、シーン

イジュの声も聞こえる。
自分を背負《せお》って朽葉《くちば》の里まで連れていってくれた、あの広い背中。
あの広い背中が自分にもあれば……。
そうすれば捨吉さんを救えるのに。

あおおおおぉ
傷《きず》ついた獣《けもの》のような声でシンは泣いた。

シン、シーン

あおおぉ、あおおおおおぉ
湿《しめ》った土に頬《ほほ》をつけて、仲間を求める獣のように泣いた。
あおおおおぉ

あおおぉ、あおお、おおおおぉ
あおおぉ、あおお、おおおおぉ
あおおぉ、あおお、おおおおぉ

枯葉《かれは》を踏《ふ》み、草をかきわけ、なにかが近づいてくる。

「シンか、シンだな」

「いたぞーっ、見つけたぞーっ」

顔をあげれば、マボウがいた。

イジュもいた。

夢《ゆめ》だろうか。

キナまで駆《か》け寄《よ》ってきた。

「マボウさまが山の木々がざわめいているとおっしゃって、胸騒《むなさわ》ぎがするとおっしゃって。それで、話したの。シンはきっと銀樹《ぎんじゅ》に会いにいったに違《ちが》いないって。里にはふたり、残ってもらい、あたしたち四人がシンを探《さが》しに。今夜見つからなかったら、明日は薬師《くすし》の館に行くことにしていたのよ」

「背負《せお》ってるのは、だれだ」

片膝《かたひざ》をついたイジュが問う。

「捨吉さんです。ひ、ひどい傷《きず》を。銀樹の薬を飲ませましたが危《あぶ》ない」

「わかった。あとはわしらにまかせろ」

イジュはくどくどときかずに捨吉を担《かつ》ぎ上げた。

夢じゃない。

「こ、これを」

シンは四つん這《ば》いになってからだを起こすと、ふところから瓢箪《ひょうたん》をだした。

「銀樹の薬です。これで捨吉さんを」

受け取ったマボウの目には涙《なみだ》があった。

なつかしい目。

この目に会いたかった。

帯にはさんだ竹筒《たけづつ》をつかみ、キナに渡《わた》した。

「このなかに銀樹の小枝《こえだ》が。これをあの場所に」

どすどすと足音をたてて、ドリギまでやってきた。

「こいつ、夢《ゆめ》でも見とるような顔をしとるぞ」

腹《はら》をゆすって笑った。

シンはドリギに肩《かた》を借りて洞窟《どうくつ》まで登った。そして着いたとたん、眠《ねむ》りこけた。


目が覚めたとき、シンはどこにいるのかわからなかった。

「気分はどう?」

キナがそばにいた。

半円形に切り取られた外の明るさを眺《なが》め、ああ、ここは洞窟だとわかり、飛び起きた。

「捨吉さんは?」

「一度目を覚ましたけれど、いまはまた眠っているわ」

キナの背後《はいご》に、マボウとイジュ、ドリギの三人に囲《かこ》まれて横たわっている姿《すがた》が見えた。

シンは、そばにいった。

捨吉の顔は薬草でおおわれ、見えるのは鼻と口だけだった。からだもほぼ薬草でおおわれている。

「どうですか」

「まだわからぬ。銀樹《ぎんじゅ》の薬から目覚めたら、ひどい空腹《くうふく》をおぼえるはずじゃが、それがなくてな。それでも、銀樹の薬は飲むことができた」

シンは捨吉の手をにぎった。死なないでくれ。

そして息をひとつ、大きく吸《す》うと、みんなの顔を見た。

伝えなければいけない。

「銀樹は」

「いわんでもよい」

マボウがさえぎった。

「捨吉さんが話してくれた。どうしても、わしらに伝えねばならんと思ったんじゃろう。苦しい息でな、話してくれた」

マボウの目にも、イジュたちの目にも、やり場のない怒《いか》りと悲しみがあった。おなじ思いがシンの胸《むね》にもある。それでも、シンにはかすかな希望がある。

「捨吉さんが知らないことが、ふたつあります。清羅という海渡の薬師《くすし》が、密《ひそ》かに銀樹の小枝《こえだ》を椿《つばき》の枝に接《つ》ぎました。もしかすれば、椿は、銀樹の小枝を育ててくれるかもしれないと」

「それは、どういうことだ？」

ドリギが問う。

「わかりません。しかし、うまくいけば、やがて椿《つばき》の半分が銀樹《ぎんじゅ》になるかもしれず、その方法ならば、だれも咎《とが》を受けずにすむと。もうひとつは」

「これね」

キナの手に銀樹の小枝《こえだ》が入った竹筒《たけづつ》があった。

「うん。あの場所に戻《もど》せば、根を張《は》るかもしれないと、やはり清羅が。捨吉さんが目覚めたら、このことを伝えてください。そうすれば、少しはこころが軽くなるはず」

「ふむ。そうだな。そうしよう」

マボウがうなずいた。

「わたしは、これから海渡に行ってきます。借りた荷車を返さなければならないので」

シンはその訳《わけ》を話した。

「ならば、だれかといっしょに行くがいい」

マボウの声に、キナとドリギが同時に名乗りをあげ、ドリギがキナにいった。

「わしに行かせてくれ。ここにはマボウさまもイジュさまもいる。心配はない。こうやってすわっておっても腹《はら》が立つばかりで、動いていたほうがまだましだ」

「そうだな。それがよかろう。キナよ、おまえはその竹筒のなかにある銀樹の小枝を、あの場所に戻しておくれ。そして、里に残ったふたりの薬師《くすし》に、こちらのことを伝えておくれ。心配しているはずじゃ」

マボウのことばにキナもうなずいて、なんとか笑顔《えがお》をつくった。

「それならふたりとも、まずはしっかり腹ごしらえをしてください」

シンは雑炊《ぞうすい》を四、五杯《はい》、続けざまに食べた。どんなに悲しくても、つらくても、腹はすくのだった。


ドリギといっしょに山を降《お》りたシンは、荷車を引いて海渡の都へと向かった。刈《か》り入れの終わった田んぼに、秋の日差しが降《ふ》り注ぎ、雀《すずめ》たちがこぼれた種をついばんでいる。シンたちが脇《わき》を通れば、いっせいに飛び立ち、また別のところに舞《ま》い降りる。昨日のできごとが信じられないような長閑《のどか》さだった。

ようやく橋の上まで来ると、シンはドリギにここで待っていてほしいと頼《たの》み、ひとりで橋のたもとに降《お》りていった。転がり落ちようとする荷車を手で押《お》さえるようにして。

「姐《ねえ》さん、返しにきたよ」

筵《むしろ》の向こうに呼《よ》びかけると、すぐに笛の姐さんがでてきた。

「早かったわねえ。どんなに早くても、四、五日はかかると思っていたのに」

「頭《かしら》は？」

「あの薬を飲ませたら、すぐにまた寝《ね》ちゃった。すーすーと寝息をたてて。ふしぎなの。あのひと、うなされることが多いんだけど、幸せそうな顔で眠《ねむ》ってる。まるで赤ん坊《ぼう》みたいに」

シンには、にわかには信じられなかった。

「姐さん、頭の顔、見てもいい？」

「いいわよ。寝ているもの」

姐さんはヨシズを開いて、シンをなかに入れた。

頭の顔には、歳《とし》にはふつりあいな深いしわがいくつも刻《きざ》まれていた。眉間《みけん》のあたりはとりわけ深い。それでも安らかな寝顔だった。姐さんが赤ん坊みたいといったのもわかる。シンが一度も見たことのない顔だった。

「姐さん、薬はまだある？」

この男も苦しんだのだろうか。

「ええ。返さなくちゃいけない？」

なにに苦しんだのかは、わからないが。なにかに。

「いや、いい。もう少し、つかってみるのがいいかもしれない」

「じゃあ、この薬をくれるの？ よかった。あたしにもわかるの。これがどんなにいい薬か。ありがとう、シンちゃん。ほんとにありがとう。大切につかうから、シンちゃん、あり」

シンを拝《おが》もうとした姐さんを止めた。

「頭を助けたのはこの薬。銀樹《ぎんじゅ》の薬というんだ」

「銀樹の薬」

「うん。こんど目が覚めたら、腹《はら》がへったというはず。すごくへったと」

姐さんはすこし笑った。

「用意しておけばいいのね」

「うん」

橋の上に戻《もど》ると、ドリギに問われた。

「あのひとに荷車を借りたのか」

「いいえ、あのひとがいっしょに暮《く》らしている鬼《おに》に借りました」

「鬼？」

「鬼だと思っていましたが、ただのひとだったのかもしれない。わたしはその鬼に、銀樹《ぎんじゅ》の薬をやりました」

十四章　光

捨吉《すてきち》はいのちをとりとめた。

椿《つばき》の枝《えだ》に銀樹《ぎんじゅ》の枝を接《つ》ぐということがどういうことかは、捨吉にもわからなかった。それでも、かすかに希望を抱《いだ》いたようだった。清羅《せいら》はああ見えて、草木にはやさしく、育てる腕《うで》は確《たし》かだからと。あの場所に戻《もど》された銀樹の小枝にも希望を抱いた。もしかしたら根を張《は》ってくれるかもしれないと。

そしてその冬を、シンの家でともに過《す》ごした。

朽葉《くちば》の里で薬師《くすし》として生きることをすすめるシンに、捨吉はこんなことをいった。

「シンさんとキナさんが薬師見習いになったとき、マボウさまはこうおっしゃったのでしたな。自分が知らぬ薬草や薬樹《やくじゅ》を、ほかのだれかが知っている。そのふたりが知らぬ薬草や薬樹《やくじゅ》を、またほかのだれかが知っている。だから、おまえたちがまだ知らぬ薬草や薬樹は、ここにいるそれぞれの薬師《くすし》に教えてもらうがよい。新しい薬草や薬樹をおまえたちが見つけるかもしれぬ。見つけたときは、けっしてひとりのものにしてはならぬ。わしらに伝えねばならぬ。わしらもおまえたちに伝えよう、と。そして、あなたがたふたりは、この里の薬師のかたがたから、すべてを学んだ」

「はい。そのとおりです」

「わたしが、銀樹《ぎんじゅ》の薬を分けてほしいと頼《たの》んだときも、だから、分けてくださったのだろうか」

「ええ、そうだと思います。そのことを試《ため》されているとマボウさまはおっしゃいましたから」

春になると、捨吉はマボウに自分の思いを伝えた。

「もう一度、旅にでようと思います。以前の旅は、求めるだけのものでした。けれどこんどは、自分の知っていることを伝えようと思います。都ばかりではなく、里も歩いてみるつもりです。それをすませて、ここに戻《もど》ってきます。戻ってきたら、どうかわたしを、この里の薬師のひとりに加えてください」

「あなたはすでに、わしらの仲間じゃ。いつでも戻ってこられるがよい。あなたの話を聞くのを楽しみに待っているでな」

「はい」

朽葉《くちば》の里には、新しい薬草がひとつあった。これまでも里のなかにありながら、薬草とは知らずにいたもので、捨吉が教えてくれたものだった。

そして旅に発《た》つ捨吉の腰《こし》には瓢箪《ひょうたん》があった。

白眉《はくび》が捨吉を救うためによこした銀樹の薬は、いったんは朽葉の里に返されたのだったが、里の薬師たちは捨吉にそれを持たせることにしたのだ。

マボウはこう語った。

「銀樹の薬でしか助けられぬいのちがあれば、迷《まよ》わず助けてほしい。そして、わしらの失敗を伝えてほしい。なぜ、銀樹を守ることができなかったかを。そしてもし、どこかで銀樹に出会ったなら、ひとがどのように銀樹と暮《く》らしているかを見てきてほしい。わしらに教えてほしい」

「わかりました。かならず、ここに戻ってきます」

シンはいつもの暮《く》らしに戻《もど》った。薬草や薬樹《やくじゅ》を求めて山に入り、マボウや薬師《くすし》たちに届《とど》ける日々だ。

ときどき、あの場所を訪《たず》ねる。

銀樹《ぎんじゅ》はもとの場所にある。

黒ずんだまま、そこにある。

春になっても新しい葉が芽吹《ぶ》くことはなかった。

シンはそっとふれた。

こんどは自分のなかから温かいものが伝わるようにと。


藻塩《もじお》を手に入れるために海渡《かいと》の都に行くこともある。

店の主《あるじ》の態度《たいど》に変わりはなく、薬師の館や薬師たちのわるい噂《うわさ》を聞くこともなかったから、清羅はきっとうまくやっているのだろう。

海渡の市はますますにぎやかになり、さまざまな珍《めずら》しい品がならぶようになった。このにぎやかさの背後《はいご》には、断片《だんぺん》にされた銀樹があるのだろう。そう思う。いったい、銀樹の断片はどこへ辿《たど》り着いただろう。それがどこであろうと、ひとびとを救っているはずだ。それだけは確《たし》かなことであり、シンの胸《むね》を慰《なぐさ》めた。

シンは思い切って、髪《かみ》飾りをふたつ手に入れ、キナと研《と》ぎ師の婆《ばば》への土産《みやげ》にした。シンの目にもわかる見事な細工物だったからだ。

橋のたもとにあの荷車はない。

姐《ねえ》さんがいったのだった。

「笛の音にあわせて、あのひとが語りをするようになったの。旅先で聞いたおかしな話やおっかない話を、客に語って聞かせるの。一座《いちざ》を旗揚《はたあ》げするにはまだまだだけれど、いつかできるかもしれない。そうなったらシンちゃん、見にきてね」

いまはどこの都にいるのだろう。

＊＊＊

そして、三年の月日が過《す》ぎた。

「マボウさまはおられますか」

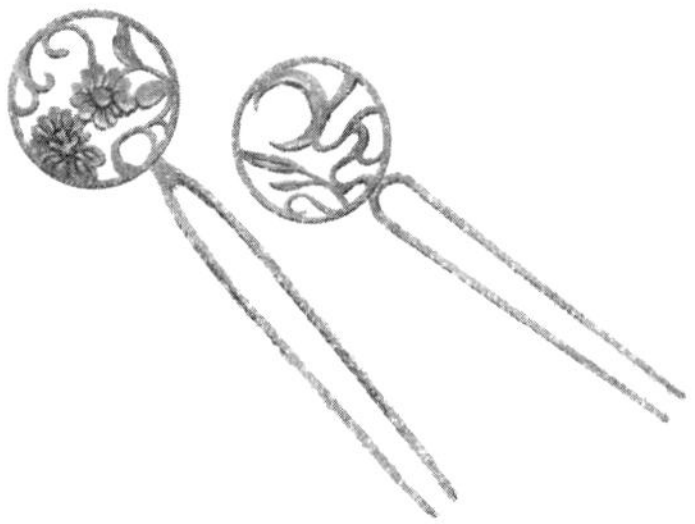

戸口から呼《よ》びかける声に、キナが振《ふ》り向いた。

髪《かみ》も髭《ひげ》もぼさぼさのイノシシのような顔が笑っている。

「捨吉さん？」

「ええ、ただいま戻《もど》りました」

「ああ、よかった。ご無事に戻られて。ときどきみんなで話をしていたんですよ。いまは、どこで、どうしていらっしゃるだろうって。さあ、なかに入ってください。シンも、夕餉《ゆうげ》までにはかならず戻りますから」

キナは捨吉の手をとるようにして炉端《ろばた》に招《まね》いた。

「もしや、おふたりは」

キナは目をくるりとさせた。

「ええ、そう。いっしょになったの」

「それは、なんとめでたい。マボウさまも喜ばれたでしょう」

キナは下を向いたが、すぐに顔を上げた。

「マボウさまは去年のちょうどいまごろ、亡《な》くなられたの。あたしたちがいっしょになったのは、そのあと」

捨吉がことばを失ったように見えた。

「どうか、悲しまないでください。マボウさまの最期《さいご》は、とてもマボウさまらしいものでしたから。でも、その話はシンから聞いてくださいな。シンも自分の口から捨吉さんに伝えたいと思っていると思うから」

キナは声を明るくしていった。


シンが帰ってくると、三人は夕餉を囲《かこ》んだ。シンが真っ先にたずねたのは、銀樹《ぎんじゅ》を見つけたか、ということだった。

「いいえ、どこにも。噂《うわさ》すらありませんでした。こちらはいかがです？　変わりは？」

「椿《つばき》に接《つ》がれた小枝《こえだ》のことはまったくわかりませんが、あの場所の銀樹の小枝はあのままです」

捨吉の顔に、三年たったいまでも消えぬ後悔《こうかい》の念が浮《う》かんだ。

「捨吉さんが旅にでられたあと、わたしたちも考え続けました。どうやったら、あのとき銀樹を守ることができたのだろうと。マボウさまがこんなことをおっしゃいました。わしらは、銀樹の薬を多くのひとと分かちあうのは無理じゃと考えてきた。実《じっ》際《さい》、無理な話じゃ。あの木は小さいのだから。だがな、だからじゃ。分かちあえないものを分かちあっていくには、分かちあえるものを分かちあっていくしかないのであろうなあ、と」

「それはどういう」

「捨吉さんは旅先で新しい薬草や薬樹《やくじゅ》をお知りになったのでは？」

「ええ、教えてもらいました。この草木は、こう使うのだと。あとでみなさんにも、お教えしましょう」

「そして、捨吉さんも旅先でお教えになった」

「ええ、わたしが知っていることは」

「マボウさまがおっしゃりたかったのは、そういうことではなかったかと思うのです。分かちあえるものを分かちあっていけば、できることは多くなります。そのことを続けていけば、分かちあえないと思われたものも、いつか、分かちあえるようになるかもしれないと。じつは、捨吉さんが戻《もど》られたら、こんどはわたしが旅にでようと思い、お待ちしていました。捨吉さんにならば、わたしのしごとをお任《まか》せできますから」

「けれど、シンさんは独《ひと》り身ではない。キナさんはそれでいいと？」

「あたしのことなら気にしないで。シンがそばにいても、いなくても、あたしはあたしのしごとをするし、シンがどこにいても、あたしたちはつながっているもの」

「これはまいりましたな」

捨吉は膝《ひざ》を手で打って楽しそうにのけぞった。

「だが、シンさん。旅をするには銭《ぜに》が要《い》る」

どうするのだという顔をする。

「以前、海渡の薬師《くすし》の館からもらった塩があります。あのまっさらな高価《こうか》な塩は、そのように使うのがいちばんいいだろうと、みなもいってくれます」

「ああ、あのときのあの塩を」

「わたしは、わたしなりのやりかたで知っていることを伝え、知らないことを学んでこようと思います」

「ねえ、シン。捨吉さんにマボウさまのことを話してあげて。あたしはまだなにも伝えてないの」

「おお、そうだったか」

シンは捨吉に向き直った。

「マボウさまが亡《な》くなられたのは、去年の春のことです。冬にひいた風邪《かぜ》をこじらせて、寝《ね》ついてしまわれました。いろいろ煎《せん》じ薬を試《ため》してみたのですが、一向によくならず。でも、苦しまれたわけではありません。穏《おだ》やかでした。捨吉さんは、ひとの死をどのように思われますか」

「というと」

捨吉が身をのりだした。

「最期《さいご》の息をふうとはきだすと、からだは抜《ぬ》け殻《がら》になってしまう、そう、思われたことはありませんか」

捨吉は大きくうなずいた。

「わかります」

「マボウさまも同じでした。息を引き取られたあとのマボウさまのからだは、抜け殻でした。そして、わたしは見たのです。青い小さな鳥のような光がマボウさまのからだから抜け出してゆくのを。青い光は、戸口を抜けていきましたから、わたしも外に出て、目で追ったのです。その光は遠くまで飛んでゆき、マボウさまが好きだった山《やま》桜《ざくら》の枝《えだ》にとまりました。おかしなことをいうと思われるかもしれません。ここから見

えるわけはないのにと。でも、わたしには、マボウさまがそこにいることがわかりました。だから声をかけました。なにをしているのですかと」

「それで」

「マボウさまは笑いました。シンよ、ゆっくりさせろ、わしはいま、名残《なごり》を惜《お》しんでいるところじゃと」

わたしには、その声が聞こえたのです。耳の奥《おく》に。

「しばらくすると、青い小さな光は、すーっと天に昇《のぼ》っていきました。それがマボウさまの最期《さいご》です」

捨吉は長い息をはいた。

「そのようなことがありましたか」

「ええ。それからというもの、わたしは死というものが、それほど怖《こわ》くはなくなりました」

母さんも同じだったにちがいないと、シンは思う。母さんが死んだとき、天井《てんじょう》のあたりにいるような気がしたのは、気のせいではなかったのだろう。天井を見上げたシンに、母さんはなにかを語ったに違《ちが》いない。あのとき、自分はその声を聞くことができなかったが、おそらくは、しっかり生きていくようにと、何度もいいふくめるように語ったに違いない。そして母さんもまた、青い小さな光となって、すーっと天に昇っていったに違いない。

「その山桜《やまざくら》はどこに?」

「こちらへ」

三人は草ぶきの家を出て、あそことシンが指差す先を見た。黒々とした山のなかに、ぼんやりと白が見える。

「捨吉さん、明日、行ってみたらいかがですか。シンといっしょに。きっと満開ですよ」

「ええ、ぜひ」

捨吉がキナさんもと誘《さそ》うと、

「あたしは里に行かなくちゃ。あたしの家は、いまはすっかり女たちの家。にぎやかよ。夫や姑《しゅうとめ》の悪口をいうのはすごく楽しいから」

「じゃあキナさんもシンさんの悪口を?」

「もちろん」

キナは目をくるりとさせ、シンはやれやれという顔をし、捨吉は声をあげて笑った。

「ではこんどは、わたしの旅の話を聞いてください」
三人はいつまでも語りあい、笑いあった。

＊＊＊

その夜、あの場所で、ふしぎなことが起こった。
小さな草花が、満天の星々に顔をあげ、うれしそうにそよいだのだ。
そして輪が生まれた。
小石を水に投げれば水面《みなも》に輪が広がっていくが、それと逆《ぎゃく》だった。
外側から中心へと、波のように輪が狭《せば》まってくる。
草花がつくった波の輪が一点に集まる。
すっと銀樹《ぎんじゅ》の小枝《こえだ》に光が宿った。
発光するようなの明るいやわらかな銀が、小さな草花のなかで輝《かがや》いている。

そのことを、まだだれも知らない。

森埜《もりの》 こみち

岩手県生まれ。第19回ちゅうでん児童文学賞大賞を受賞した『わたしの空と五・七・五』（講談社）でデビュー。同作で第48回児童文芸新人賞を受賞。『蝶の羽ばたき、その先へ』（小峰書店）で、第17回日本児童文学者協会・長編児童文学新人賞、および第44回日本児童文芸家協会賞を受賞。
他の作品に『どすこい！』(国土社)、『すこしずつの親友』『彼女たちのバックヤード』（講談社）などがある。

日下《くさか》 明《あきら》

イラストレーター・グラフィックデザイナー。大阪市在住。イラストレーションを軸に、グラフィックデザインまで手がける。個展、グループ展など、展覧会でも作品を発表。絵の制作は、Photoshopのみで制作している。また、絵と音と言葉のユニット「repair」としても活動。絵とトロンボーンを担当。

銀樹《ぎんじゅ》

2024年10月31日　初版発行

著者　森埜 こみち
絵　日下 明
デザイン　鈴木 久美
発行人　田辺 直正
編集人　山口 郁子
編集担当　郷原 莉緒
発行所　アリス館
東京都文京区小石川5-5-5　〒112-0002
TEL 03-5976-7011　FAX 03-3944-1228
https://www.alicekan.com/
印刷所　株式会社精興社
製本所　株式会社難波製本

ISBN978-4-7520-1108-8　NDC913　216P　20cm